「何でも起きるんだよ。ここは新しい千年紀が避けて通った道だから」
三溝耕平

「あかねが生まれたら
ママは死んでた」

リッコ
「だったらあたしを買わない?」

「本当はもう少し隠れていようと思ったの。

でも見つかっちゃったわね」

菜々みどり

「もうこの棒には何も書かれていない」
ガリレオ
「あたしは知らない。この子が勝手にやっている」
アナスタシア

坂上武
「つまりここでは私が法だ」
「だったら助けてから死刑にすりゃいい」
犬彦

「あなたってそうやって無自覚に他人を傷つけちゃうタイプって知ってた?」

福山さつき

リヴァイアサン

終末を過ぎた獣

大塚英志

KODANSHA NOVELS
講談社ノベルス

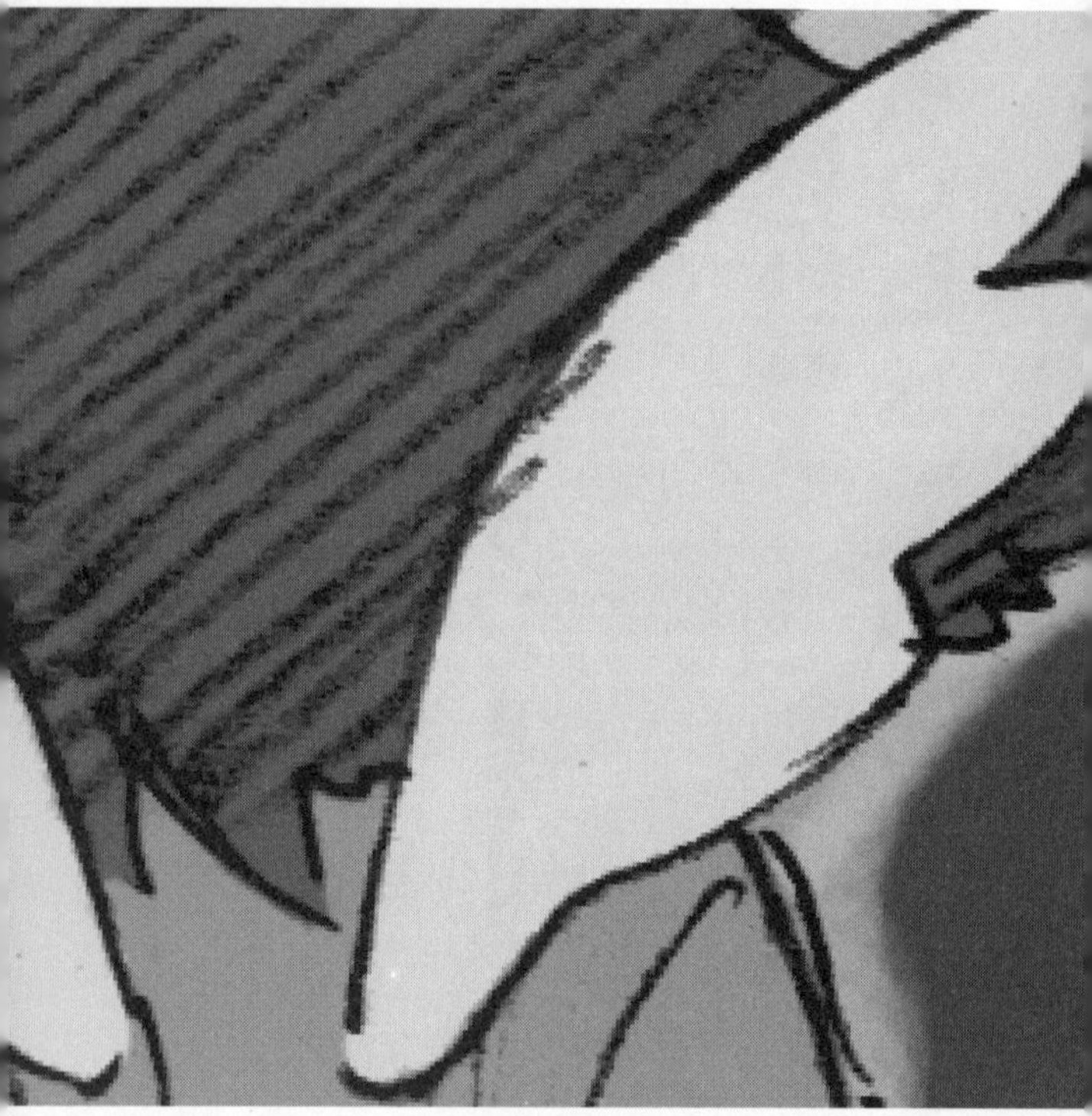

CLAMP「Cover Design」
HIROTO KUMAGAI「Book Design」
CHIZU HASHII「Illustration」

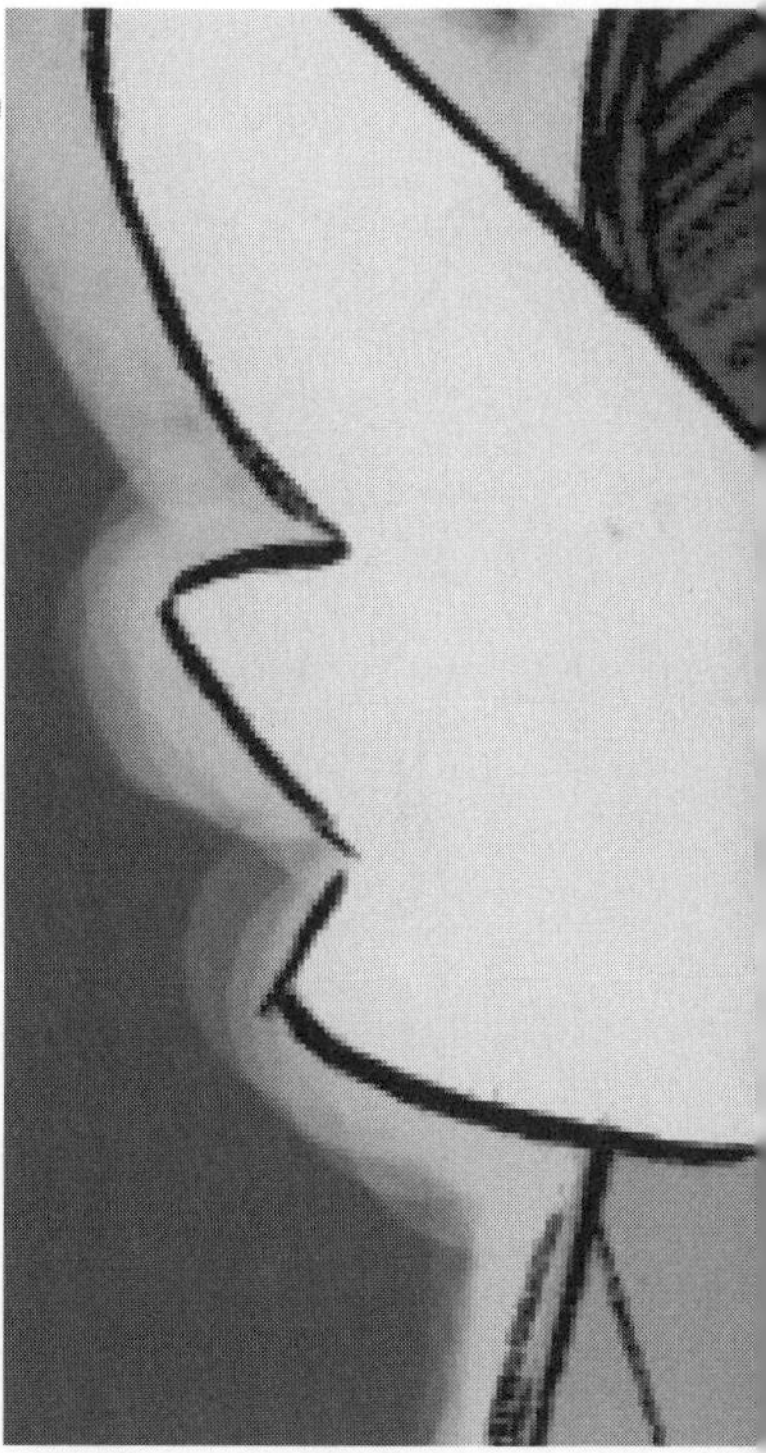

リヴァイアサン

終末を過ぎた獣

せっかく終末の訪れを知らせに戻ってきたのに

リヴァイアサン

終末を過ぎた獣

#1

まるでリヴァイアサンだね

ほんと研修医って
身体がひとつじゃもたないよね
昭和76年3月15日
耕平の
消息は？
みんな
死んじゃえ

身体が二つあったらいいのに
一体あなたたち
何を…
……あなたは耕平なの？

終末を知らせる獣がいて、けれども彼が行方不明になっている間に新しい千年紀がやってきてしまった。これはそんなふうにして世紀末に間にあわなかった者たちについての物語だ。

　乗り越えそこねた終末を実のところ人はどう生きればいいのだろう。

　例えば死海のほとりから物語を始めてみることにする。

　そこはどんな場所なのだろう。

　死海の塩水や泥がリウマチや神経痛にことのほか効くらしく、専門の病院が海辺にいくつもあってそこでイスラエル人の医者に処方箋を書いてもらい、記された作法に従って老人たちが海水に浸りぷかぷかと漂っているのをＣＮＮのニュースで見たことがある。なんだかその光景はホルマリンに浸された解剖教室のプールの中の死体に似ていた。

　だからその日の早朝、身体が一つ、岸辺に打ち上げられたところであたりを散策していた海水浴客が誰も見向きもしなかったのは当然のことだといえる。近づいていったのは唯一、自称羊飼いの親子のみで（しかし羊は連れていなかった）、そういえば五十年以上も前に死海の北西岸のクムランの岩山で死海写本を見つけたのも確かやはり羊飼いだったっけ。その時見つかった羊皮やパピルスに書かれていた教典には真実の霊としての光の子と、虚偽の霊としての闇の子の間で行われる終末に於ける戦いについて記されていたという。この塩の浜辺に住み着いた人々はそんなふうに大昔から年中、終末の到来に脅え、そしてメシアの降臨を待望して暮らしていたのだろう。とすればその身体がどういった理由で彼が行方不明になった、少なくとも地図の上でははるか遠く離れた場所から、河や海といった水脈でつながっているわけでもないその地に漂着して塩漬けになっていたかについては想像が出来なくもない。少なくとも偶然ではなかったのだろう。そこにかつては救い主を待ち続けた人がいたのであれば、羊飼い（自称）はもしかするとその末裔だったかもしれないのだ。

　それにしても死海特有のミネラルをたっぷり含んだ大粒の塩の結晶に充分にまぶされたその身体は発見者である羊飼いにしてみればずいぶんと用意のいい死体に見えたかもしれない。何しろ彼は腐らないように自ら進んで塩漬けになっていたわけだから。

　その死体にしか見えなかった身体は何の獣かわからない鞣し革のマントを纏っていて、うつぶせに倒れていたという。長い金色の髪とマントから覗く白く細い手の様子から最初は女に見えた。とりあえずその右手の薬指にはめられたゴールドの指輪が最初に目に付いた金目のものだったから、羊飼いの息子はそれを指から抜きとった。

　アンジェラ、とリングの裏側には記してあった。父は西欧の文字が読めないが少年は少しだけ読むことができる。

「この女の名前かな」

　息子が呟くと、

「多分、恋人の名だ」

　と言って、父親は杖で身体をひっくり返した。

　それは男の顔だった。けれども少年には塩漬けの死体の性別より、彼の手の中でたった今きらきら光るリングの方が重要だった。リングは、水面から蒸発する水分によって一年中曇りっぱなしの空から降り注ぐ紫外線を浴びて輝いていた。

「これを売れば学校に行けるかな」

　少年は思いきって彼の夢を口にしてみた。

　だが、太い腕がぐいと伸びてきて少年の手首をつかむと、否応なくそれを断念させた。

「悪いな、そのカルティエはアンジェラのお気に入りでね」

そいつは少年の知らない言葉を発した。

「……い……生きていやがる」

父親は叫び、手にしていた杖で身体に殴りかかろうとしたが少年は手で制した。

そして少年は上半身を起こした身体の顔を何故かしげしげと見つめた。

金色の髪。東洋人のような肌の色。額の中央にはコインほどの大きさの瘤と横一文字の傷跡がある。それはまるで頭蓋骨を一度開いた名残にも見えた。だから瘤はまるで止め金か錠前にさえ見えた。左目だけは宝石のようなブルーで、そんなふうに左右の目の色が違う猫を飼っていた女の家に三日だけ働きに行かされたことを少年は何故か思い出した。

不思議な顔だった。

しかし恐ろしくはなかった。

むしろなんだか茨の冠が似合いそうなその男に思わず見とれてしまったのだ。だからリングを持った少年の手首を鷲摑みにした身体の左手の肌の色がチョコレートのような漆黒であることに彼は気づかなかった。

羊飼いの親子の話はこれでおしまいだ。彼らが何故、羊を連れていなかったのかについても理由などわからない。

ちなみにこれ自体は別に何かの寓話ではない。

ただの実話だ。

その日から二年近く前、まだ、日付が前世紀だった時、トルコの辺境の地ギョレメで平和維持活動に従事していた小隊が消息を絶つ、という事件があったのを覚えているか。身体はその事件からの生還者だった。そこはキリスト教圏の最果ての地とされ、いわば神の威光が届かぬ場所だ。この辺境の地で敢えて西欧の外部に身を晒すかのように修道士たちが籠った洞窟が今も点在するという話だ。

ギョレメ、とはその地の言葉で「見てはならぬ者」という意味らしいが人種も国境も性別も違う五人の国連軍の兵士たちが、そこで何を見たのかはわからない。

　唯一わかっているのは二年たってから生還したのはたった一人だった、ということだけだ。

　身体(ボディ)はすぐさま国連軍の休戦監視機構が駐留するゴラン高原に届けられた。彼は行方不明になった五人分のＩＤを刻んだペンダントを首からぶら下げていた。行方不明になったのは白人(ホワイト)と黒人(ブラック)の男が一人ずつ、それから白人(ホワイト)の女が二人、そして東洋人の男だった。どう見ても身体(ボディ)の顔立ちだけは東洋人で五人のうち東洋人は日本の自衛隊から派遣された元医学生だった男しかいなかった。ゴラン高原のシリア寄りには日本の自衛隊が国連軍の管理下でもう何年も展開中だった。

　そこで男は身体検査と訊問を受け、その結果は担当した係官を困惑させたが、しかし除隊を申し出た彼の希望を拒絶する法的な根拠はなかった。彼は元々はあくまでもボランティアとして国連軍に参加したＮＧＯの医療スタッフだったのだから。来るのも去るのも彼らの自由だった。そして彼は五人分、テーブルの上に並べられたパスポートのうち、三溝(さみぞ)耕平(こうへい)という日本人の名と写真のあるパスポートをしばし考え込んだ後、手にとったという。

　彼がどのパスポートを選択してもいいように五人分の除隊手続きは終わっていて、あとは身体(ボディ)の選択にまかされていた。

　何故、そんな奇妙な手続きを国連軍はこの帰還兵にとらなくてはならなかったのか。

　それは繰り返すが行方不明になったのが五人で、帰ってきたのが一人だからだ。

　どういう意味かって？

　それはこれまで話してきた通りの意味だ。

　ただその時、こんなやりとりが身体(ボディ)との間にあったと担当した係官はリポートにして律儀に本国まで送っている。

　日本人のパスポートを大切そうに仕舞い込んだ男はふと思い出したように係官に聞いたのだという。

「ところで、一体、今日はいつなんだい？」

　リポートによれば身体（ボディ）の問いに係官は「ちょっと文学的に」こう答えたという。

「君が行方不明の間に世紀末は終わって新しい千年紀（ミレニアム）が始まったよ……恐怖の大王も落ちてこなかったし、最後の審判もなかった」

　そう、彼が不在のたった二年の間に世紀末から次の千年紀に暦は移っていたのだ。そいつは不運なことに千年に一度の大イベントを見逃してしまった訳だ。

　それを聞くと身体（ボディ）は初めてかすかに微笑して、

「それは残念だ……せっかく終末の訪れを知らせに戻ってきたのに」

　と言ったらしい。

「まるでリヴァイアサンだね」

　日本人だが神学校出身だった係官は、ヨブ記に記された最後の審判を知らせる獣の名を思わず口にした、という。その諧謔（かいぎゃく）の意味を東洋人であるその身体（ボディ）が解したかどうかわからない、とリポートは結ばれている。

　だが、これもそれだけの話だ。

　ところで、その身体（ボディ）が帰国先として選んだ日本が彼の不在の間にどう変わったのか。とりあえず国際貢献と称して自衛隊が半端な形で世界中の紛争地帯に日常的に派遣されるようになり、日の丸と君が代は法律で国旗と国歌となって教科書も少しだけ書き変えられたが、そんなことで本質が変われるような国ではないことだけは確かだ。変わったことと言えば不況がもう何年も続いているのにも拘（かか）わらず、特に新世紀となってからというもの海外からの難民が急増した、ということぐらいだろう。まるで、千年紀の到来から逃れるように彼らは日本にやってきた。何と言ったらいいのか、この国だけは新しい千年紀から取り残されている、という印象は君にはないか。

身体(ボディ)が日本人のパスポートを選んだのもそれが彼のアイデンティティであったからではなく、彼が終末に間にあわなかった獣だからだ。多分、それが正解だ。

とにかく日本ではえらく在位の長い天皇に守られて昭和なる年号が未だ続いているわけだから千年紀も遠慮しているのではないか。それは冗談だが、ここは極東、つまり西洋の果ての向こうにある東洋の更(さら)に辺境だ。だからここもまたギョレメなのかもしれないとは思う。

物語に戻ろう。

そのギョレメのような街での出来事をこれから語る。これからが本題だ。

聖バシレイオス大学付属病院は聖人の名前を冠しているけれど大学の理事長で病院のオーナーである男は元総会屋で出版社を経営している男だ。総会屋雑誌がたちゆかなくなった時、アニメとテレビゲームの情報誌の出版社に鞍替(くら)えして成功して、その勢いで劇場アニメでも一発当てた。何といったっけ、獣に育てられたお姫様の話だ。ジャパニメーションやおたくだけが今の日本の経済を支えていることを考えればその元総会屋は先見の明はあったことになるが、やはり俗世の名誉を求めるところが元総会屋たるゆえんであるかもしれない。

そんなこともあって彼の買収した大学の付属病院は与党も野党も問わず政治家たちの御用達の病院となった。選挙ポスター対策の皺(しわ)取りや二重瞼(ふたえまぶた)の整形から、紛争地帯の視察で移されてきた他人に言えない病気、そして、末期癌(がん)なのだが総裁レースを乗り切るまでは他派閥に病状を悟られたくない、といった様々な要求にまんべんなく応えることができると評判だ。それを可能にするのは世界各地からの難民や移民出身の医師たちだ。彼らは安価で、しかし高度な医療技術をこの病院にもたらした。何しろここはもともと寄付金を積めば九九ができなくても入学ができて国家試験の合格率が五〇パーセントに満たない医大の付属病院だった。それが彼ら難民出身者の医師たちによって一変した。特に旧ソ連やその周辺諸国からの移民たちは、労働力としては他の日本人医師よりもリーズナブルで、しかし医療技術は西側に劣らなかった。元総会屋の理事長は彼らの難民認定や、彼らに超法規的に日本の医師免許を与えるために政治力を発揮したのはいうまでもない。

そしてその日もまるで毎朝行われる小学校の朝礼のようにいつもの儀式が繰り広げられていた。大理石の床が鏡のように磨き上げられ、そこを通る看護婦たちのパンツをくっきりと映し出すということでも評価の高い病院の玄関ロビーでは水着審査があると噂される特別室専任のナースから花束がうやうやしく進呈されている。花束を受け取ったのは連立政権で与党入りした小政党の党首で、彼のなんとかの一つ覚えであるお気に入りのブランド、アルマーニ(一応、ジョルジオだ)のスーツの襟元には誇らし気に議員バッジが光っている。入院中もパジャマの襟にずっとつけられていた、というからほほえましい限りだ。

男の名は東山一二三。

別に名前を挙げるほどの人物ではないが、その名前はある意味で彼にもたらされた運命を象徴しているようにも思えるのでやはり記しておく必要はある。

どう象徴しているのかはそのうちわかる。

東山代議士を囲んでいるのはこの病院の理事や外科部長といったお偉方で、当然末端の研修医に至るまで何人もの医師たちが金魚の糞のようにつき従っている。二年目の研修医としてこの病院に移ってきたばかりの福山さつきはまさにその糞の一番手としてこの輪の中に仕方なく加わっていた。今やこの大学の医学部の教授や付属病院の上層部の医師たちは、安価な労働力で浮いた人件費を駆使して引き抜いてきた某国立大学の出身者たちで占められ、さつきはその関係で「系列」であるここの研修医に回されたばかりだ。各国の先端医療や神業的な医師たちと接することができるのは魅力だったが、このセレモニーだけは願い下げだった。

輪の中心では秘書の男が外科部長を前にまくし立てている。

「脳ヘルニアと聞いたときはもうあたくしは日本はおしまいだと……それがこんな見違えるほど元気になられて……次期総理間違いなしの東山先生の命を救ったみなさんはいわば日本の恩人、国家を救ったと言っても過言ではありません」

そんなありがたいお言葉を拝聴した後、一同は事務長にうながされてロビー脇の雛壇(ひなだん)にぞろぞろ移動する。驚くべきことにこの病院のロビーにはこの手の患者さんの退院時の記念撮影のための雛壇が作りつけてあるのだ。

さつきは居心地悪そうにその最後の列の右端にちょこんと並んだ。背が百五十八センチメートルしかない彼女は顔半分が前の列の婦長のキャップに隠れてしまうが、その方がいい、と思った。ところがカメラマン役を買って出た秘書が目ざとくさつきの姿を見つけて言った。

「おっと、さつき先生、主治医がそんなすみっこにおられては……ささ、もっと前列の東山先生のお隣にいらして下さい」

さつきを東山の主治医に指名したのはこの秘書だ。交通事故で運び込まれ集中治療室から出てきた後の形だけの主治医であり「看護婦だけでなく医者が美人だと代議士の機嫌がいい」というのが理由だった。さつきは、TVなどで一時よくみかけた、水玉のリボンをつけて着せ替え人形の名をペンネームにする精神科医の若かった頃に似ている、と評判だ。なんだかわけのわからない誉め方で気に入らなかったが、自分でも結構可愛いとは思っている。

「いえ、主治医と申してもなばかりの研修医ですから……術後の処置だけの担当医ですしそれも外科部長と執刀医のドクター・ザグーに指導いただいたもので……」

さつきはとにかくへりくだり、秘書のねちっこい視線をかわすため必死で首をすくめる。

だがそれは許されなかった。

「福山くん、前に来たまえ。ドクター・ザグーの隣を空けてもらいたまえ」

理事が叱責するように言い、あわててさつきは雛壇を移動するはめになった。

ドクター・ザグーと呼ばれた男は再び共産化した旧ソ連の某国からの亡命医師であり、脳外科の権威である。急性硬膜下血栓で頭蓋内圧が急激に亢進し、脳ヘルニア状態になった代議士をわずか三週間で退院させ、しかも後遺症はない。それは殆ど奇跡に近かった。表情に少し違和が残るが麻痺があるわけではなかった。その意味でザグーは尊敬すべき医師だが、二メートル近くあろうかという長身と先天性の水頭症の子供のように奇妙に長い後頭部が彼を人でない何物かに見せていた。無論それは偏見や先入観にすぎないとわかっていたがオカルト好きの看護婦たちなどはザグーは魔法使いの家系だと噂していた。

さつきがようやくザグーの隣にたどりつくと秘書はカメラを固定してオートシャッターを押すと雛壇に向かってダッシュした。カメラやフィルムのＣＭなんかだとここであの人、転ぶんだよな、とさつきが思った瞬間、秘書は見事に転倒した。さつきは笑いかけたが柱の陰から飛び出してきた男に体当たりされたのだ、とわかったときには既にその男は東山代議士に登山ナイフを振り下ろそうとしていた。代議士がナイフの男を憐れむような目で見たような気がしたのが一瞬、気になったが、さつきは考える間もなく男のナイフを持った手をつかむと、肘関節を固定して一気に男の重心を崩しにかかった。護身用の体術だ。しかし、男を投げ切ろうとする直前、さつきの足に誰かの足が絡まった。

ドクター・ザグーがバランスを崩しよろけたのだ。そのまま、さつきを巻き込む形で二人は転倒する。

——わざと？

根拠のない疑惑がさつきの頭を駆け抜ける。

男はナイフを落とし、つんのめるようになったままその勢いで駆け出して逃げ去った。

しばし一同が言葉を失った後で、秘書がお約束のように金切り声を上げげた。そしてようやくロビー一帯が騒然として、非常ベルを誰かが鳴らす。あわてて代議士の周りを取り囲んだ人の輪からさつきとザグーはぽつんととり残された。女の子が転んだんだから誰か一人ぐらいかまってくれてもいいのに、と思ったが、それはここでは無意味な願望だということをさつきは知っていた。その胸中を察したわけでもあるまいが、ザグーは先に立ち上がるとさつきに手を差し出した。

その目に悪意は感じられなかった。

「すまなかった。突然のことで気が動転して」

さつきはザグーと肌を触れ合うのを嫌悪している自分に気づいて、あわててその感情を打ち消して、差し出された手を握った。

思いの外、それは暖かく、当たり前だが人の血が通っている手だった。

その時、パンパンパンと柏手を打つような拍手がロビーに響きわたった。

反射的に音のした方向を目で探すと、そこには車椅子に座った黒眼鏡の老婦人の姿があった。

懐かしい顔だった。

「先生……菜々山みどり先生!!」

さつきは決して忘れることのできないその老婦人の名を叫ばずにはいられなかった。

東山代議士襲撃騒動は警察が駆けつける騒ぎになると思いきや、内密に処理された。さつきにも箝口令がしかれた。要するに代議士の方に何か思い当たるふしがあり、それを公にされたくない、ということなのだろう。その代わりに華奢でまるで着せ替え人形のようだといつもからかわれてきたさつきが暴漢に立ち向かったので、騒動よりもそちらの方が病院内の話題となってしまった。その上、代議士の秘書からは脂っぽい手で思いきり握手されてしまったし、今日も何だか朝からついてないな、とさつきは思った。

けれどもさつきにとって目下の問題は菜々山みどりだ。彼女は病院の北側に位置する大部屋の患者だった。窓からは代々木駅周辺の〈アジール〉の、混沌と言えば聞こえがいい雑然とした街並みが観賞可能な庶民向けの病室だ。なにしろここは慈愛に満ちたオーナーが経営する病院だったから、貧しき人々やこの国の国籍を持たない人たちだって当然受け入れてくれる。ただし、脳死移植のドナーカードにサインをするか、学生の解剖用の献体に自らの身体を「自発的に」申し出ることが条件だったが、運が良ければ完治することだって期待できなくはない。

お見舞いの子供たちが狭いベッドとベッドの間を駆け回り、死にかけた老人の臭いが籠りきったその部屋に菜々山みどりは一週間前から入院しているとさつきに言った。

「それにしても最初の身のこなしはさすが私の教え子って感じだったわ。でもあんなふうに敵に足をすくわれるようでは及第点はあげられないわ」

「あれは敵じゃありません。うちの病院の先生です」

「そうかな、あたしにはさつきの動きを明らかに妨害しているように見えたけどな」

「ごまかさないで下さい、菜々山先生……日本に戻ってこられたのなら連絡して下さっても……」

「本当はもう少し隠れていようと思ったの。でも見つかっちゃったわね。あなたの活躍を見て思わず手を叩いてしまったわ」

さつきが本気で怒りかけたのでそれを察して菜々山は悪戯を見つかった子供のようにぺろり、と舌を出した。その屈託のない仕草にさつきは力が抜けてしまった。そして何だか子供をしかる母親のような口調でさつきは言った。

「見つかっちゃったじゃありませんよ……それに一言いって下さればこんな相部屋なんかに入っていただかなくても……今すぐあたし上に掛け合いますから」

「いいのよ、さつき。今のあたしは年金暮らしの身寄りのない老人よ……そんな贅沢はできないの」

菜々山の口調が急に寂し気になる。さつきが知っている菜々山に比べて目の前の彼女は一回りも二回りも小さくなってしまっている。

「退役……なさったんですか……」

「朝鮮半島の有事で毒ガスを浴びて視神経をやられたの……他にもいろいろね」

菜々山は黒眼鏡を指さした。指さした右手の小指と人差し指が欠けている。

菜々山は国連軍の特殊部隊の教官だった。さつきは医学部を卒業するとNGOのボランティアとして民族紛争に明け暮れる旧ソ連の小国の選挙監視委員会の医療チームに加わった。そこは当時の恋人だった三溝耕平の赴任先でもあった。彼は医学部の三年上級で国家試験に受かった後、NGOのスタッフとしてボランティア活動に従事した。しかし民間人であるはずの彼は現地で志願する形で国連軍の特殊部隊に参加してしまった。考えてみればそれがとても異例なことであったことは今ならさつきにもわかるが、あの頃のさつきにはそんなことは思いも及ばなかった。そこで耕平は菜々山から他のメンバーとともに指導を受けることになった。さつきは民間人だったが、耕平がチームの一員だったこともあって護身術の指導をちょっとだけ菜々山に受けたのだ。

もともと小さかった旧ソ連の辺境の共和国がさらに小さくなって、いくつもの小国に分かれ、そのうちの一つで初の民主的な国政選挙が行われることになっていた。その選挙の監視が国連軍の仕事だった。文字どおり監視するだけで向こうから何か仕掛けてこない限り武力は行使できない。だが、国連に一方的に押しつけられた形の民主選挙に反対する武装勢力もいくつか残っていた。いつ襲撃されるかもしれない、という緊張もあったが実際には何も起きず、半年間をその監視委員会のキャンプで過ごすとさつきは研修医となるため一足先に帰国した。

耕平たちが文字通りある特殊な任務について、行方不明になったのはその直後で彼らはそもそもその任務のためにそこで待機していたことを後で知らされた。

「耕平の消息は？」

さつきの心中を読みとったかのように菜々山が聞いたがさつきは首をふるしかなかった。

消息をたった場所は名前こそおどろおどろしいが、その奇観故(ゆえ)に半ば観光地化している遺跡群だった。五人もの人間が行方不明になる場所などではなかった。

あの日、キャンプで別れて以来、二年以上たったが耕平は帰ってきていない。

そして帰ってきたら少し困る立場に今のさつきはあった。

だからという訳ではないが、力のない微笑をさつきは菜々山に返した。

その時さつきの沈黙に割り込むように携帯が鳴った。病院内は電磁波が医療機器に影響を与えるので携帯の使用が禁止されている。うっかり電源を入れたままにしていたので無視してそのまま電源を切ろうとして、ふと液晶に目をやると表示されている番号はさつきのアパートのものだった。

途端に気持ちが落ち込んだが、出ないわけにはいかない。さつきは人目をさけるように菜々山にも背を向け、ベッドとベッドの間にしゃがみ込んで受信のボタンを押した。

「……勤務時間中に電話しないでって言ったでしょう？」「またなの？　大丈夫だってば……」「そう……ただの妄想よ……デパスを飲んで……そう銀色のラベルの錠剤を半分だけ……そうしたら不安はおさまるから」「うん……なるべく早く……うん……帰るから」

途切れ途切れに聞こえてくる会話の端々から菜々山はすぐに今のさつきの事情が呑み込めた。少し疲れた顔でふりかえると、「男です、今いっしょに住んでいる」とさつきも正直に菜々山に告げた。

男はさつきの元患者だった社会学の大学院生で、いくつもの妄想に悩まされている。今の電話は朝起きたら身体中の血液が他人と入れ替わっている、という訴えだった。

「さみしかったのね、耕平を失って」

菜々山は、同じ女としてさつきを憐れむことにした。

「男なしじゃいられないんです、あたし、こんな可愛い顔して」

さつきはおどけてみせたが、人形みたいに可愛いんだったら、身体も人形みたいにビニール製で、性器も性欲もなければいいのに、と心から思った。

「元気ないよ、さつき」

死体安置室でどっぷりと落ち込んでいると、肩口でキャスパーの声がした。

「ごめん、勝手に入り込んで……」

さつきはこの部屋の主を振り返る。ここは検死医のアナスタシアのお城だ。身元の正しい日本人の死体は警察病院に回されるが、ほとんど無国籍地帯である新宿のはずれに位置するこの病院にはあまり由緒の良くない死体が持ち込まれる。どうしたわけだかこの病院は八方手をつくし、法や制度の網の目をかいくぐっては死体が集まる仕組みを作ることに熱心だ。ここに集まってくるのは日本国籍を持たない行き倒れや外国人同士の事件の被害者たちで、その上、不法入国者に限られる。つまり、あってもなくても構わない死体だ。それは医学生の教材以外にも様々に使われているという噂だが、どれも都市伝説の域を出ない。

アナスタシアもまた難民出身で、彼女は難民船が難破して漂流している間に少し壊れてしまった。精神科の研修医であるさつきは彼女に時々向精神薬の処方箋を書いてやったことが縁で、仲良くなった。

アナスタシアは他には一切、問題がないのだが、ただ一つ、彼女の左手に〝お友達〟が棲みついたままだった。アナスタシアの左手には火傷の痕がある。引きつった皮が人の顔のようにも見える。難民船がようやく発見されたとき、船底の船室の生存者は彼女一人で、彼女はこの掌の〝お友達〟とお話をしていたそうだ。

彼女が十七歳の時の出来事だった。

以来、キャスパーだけが彼女の友人で、さつきはキャスパーに言わせれば死体以外ではアナスタシアの初めての友人なのだそうだ。

「落ち込んでいるの？　だったらもう少し放っておこうか？」

今度はアナスタシアが声をかける。落ち込んでいたい時、さつきはここに来てただじっとしている。塞ぎ込んでいたい時、アナスタシアはただ、さつきを放っておいてくれる。死体に何もしてあげないのと同じだとアナスタシアは言うがその何もしてくれない、というのが時には最大の配慮となる。

時計を見るともう二時間近くここにいたことになる。

「ありがとう、もう大丈夫」

さつきは立ち上がった。

キャスパーが心配そうにさつきの顔をのぞき込んでいる。最初は面くらったが慣れれば可愛い。アナスタシアの腹話術（もっとも本人は決してそうと認めないが）は見事なもので本当にこの火傷痕が話しているようにも見える。

さつきはキャスパーの後頭部（つまり、アナスタシアの手の甲に相当する）をなでると「それで本日のおすすめの変死体は？　キャスパー」とおどけてみせた。

「双子のジョン・ドゥー!!」

キャスパーが元気よく答える。

ジョン・ドゥーとは身元不明死体の意味だ。サスペンス映画などでよく使われているのを見かけるが、何しろキャスパーはＴＶっ子なのでこんな言い回しが好きなのだ。

キャスパーは死体安置室の一角を振り向いた。

白いシーツをかぶせられた死体が二つ安置されている。

「見る？」

「遠慮しとくわ」

「どうして？　同じ時間に別々の場所で死んだんだよ。一人がフーリガンのホームレス狩りにあって殺されたら、もう一人は別の場所で何もしてないのに死んじゃったの」

サッカーファンが困った民族主義になって外国人を襲撃するのはどの国でもあることだがワールドカップを控えた日本でも今やそれは日常茶飯となった。だから、さつきも彼らの殺され方にはもはや驚きもしない。そんな死に方の死体ばかりがこのアナスタシアのお城には集まってくる。

「ふーん、そんなことが本当にあるんだ」

さつきはだからといって双子の変死体そのものに興味が持てないので気のない返事をキャスパーに返した。

「多いんだ最近」

キャスパーではなくアナスタシアが突然応えた。

「何それ？」

さつきはアナスタシアを振り返る。

「話していい？」

アナスタシアはためらいがちに言った。しかしさつきは今日は早く帰る、と約束したことが今になって気になりだした。それが嫌で今まで時間を潰していたのだが、アナスタシアが何か煩わしいことを口にしそうになったので今度は早く帰りたくなったのだから自分でも勝手だと思う。アナスタシアは死体の話を始め出したらとまらない。まるで故郷の家族を自慢する田舎娘のように彼女は延々と話し続ける。それがちょっと今日は鬱陶しかった。

さつきはもっともらしく時計を見た。

我ながら下手な芝居だと思う。

「ごめん、バイトがあるんだ」

さつきは立ちあがった。

アナスタシアもキャスパーも返事をしない。さつきに拒絶されたので彼女たちはお城に閉じこもってしまったのだ。

ちくりと心が痛んだ。安置室の扉に手をかけ、もう一度、思いきり明るく「ほんと研修医って身体が二つあったらいいのに」と二人に向かって話しかけたがやはりどちらの声も返ってはこなかった。

仕方なくそっと扉を閉めた。振り返ると、目の前にドクター・ザグーがいたのでさつきはどきりとした。

偶然通りかかったのだろうが元々苦手の上昼間の一件があったので、さつきは軽く会釈すると足早に走り去った。

背中にザグーの気配が張りついている気がしたが気にしてはいけない、と自分に言い聞かせた。

その晩も帰るのが遅かった、とさつきは夜勤明けだったにも拘わらず、朝まで男にからまれた。ねちっこく繰り返される男の嫌味やら呪詛の言葉を聞きながらあたしの男運の悪さは何かの報いだろうか、とさつきは思った。

さつきを呪うことに疲れ果てて最後に男は突然改心し涙を流し許しを乞う。それで儀式は終わり、そしていつものようにまるでダッチワイフのように男に抱かれた。抱かれている最中、さつきは無表情で男に股を開いてされるがままの自分を何故か彼女自身が見下ろしていることに気づいた。幽体離脱だとアナスタシアなら言うところだろうけれど、疲れて、自分は夢を見ているのだろうとさつきは不思議にさえ思わなかった。でなければ離人症か、側頭葉に何かの障害があるかのどちらかだ、とさつきは夢の中でも精神科的所見を忘れない自分に少しだけ苦笑した。それでも、こんな身体なんかもうこの男にくれてやるから、意識だけ、こんなふうに自由に抜け出してどこかでちがう人生を送れたら気楽だろうな、とさつきは思った。

そのまま、泥に沈むような眠りにさつきは落ちた。

さつきがアルバイトと研修医の仕事に忙殺されて身体が二つ欲しい、とアナスタシアに言ったのは嘘ではない。研修医が無給に近いのは仕方ないとはいえ、かつてなら研修医に回されていた開業医の夜勤などの割のいいアルバイトは今ではほとんどなかった。医学生が過多の上に、外国人医師の増加がその原因だ。だからさつきのアルバイトは病院からそう遠くない〈アジール〉のはずれにあるキャバクラということになる。ランジェリーともスリップドレスともつかぬ格好で酔客の相手をして時給は五千円。その代わりといってはなんだが、ボッタクリ一歩手前の店だ。摘発されたらあたしもつかまるのかな、と思う。それでもさつきは可愛いからただ座っていれば指名もつくし、身体をさわらせる必要はない。けれどもいくら可愛くたってそんなものはこの程度のことにしか役に立たないし、三十歳だってもうそんなに遠くない。ヒモとしか言いようのない男とも暮らしているし、一体、自分は何をやっているんだろうと思う。

北海道の小さな港町で生まれて、テレビや雑誌で見た東京に子供の頃からあこがれた。東京の国立大の医学部に入る、というのは上京するために親に有無を言わせない唯一の方法だった。

けれども東京に来たらバブルなんかとうに終わっていて、行きたかったクラブもブティックもカラオケボックスや食べ放題の焼き肉屋に変わっていて、しかも同級生の男の子たちときたらおたくばかりで、そしてお人形さんみたいなさつきはまた、そんな連中に死ぬほどもててしまったのだから最悪だった。

そんなことのために東京に来たんじゃない、と叫びたかったが、さつきはいつだってつい人前ではにこにこしてしまう。

身体の芯まで良い子なのだ。

あたしってバカだな、といつも思う。

しかもようやく見つけた恋人は何故か世界の果てに連れて行かれて帰ってこなかった。

その日もさつきはそんなふうに頭の中で自分を罵倒しながらふらふらと千鳥足で代々木駅の方に歩いていった。

代々木駅周辺は今では〈アジール〉と呼ばれていることについては、このあたりを舞台としたノワールもどきのミステリーか何かで読んだことがあるはずだ。大久保とか百人町一帯がリトル中華街と化したのと同様、共産主義化と資本主義化を猫の目のように繰り返す旧ソ連の辺境諸国からの難民が大挙して流入してミニチュアのソ連と化していた。

かつてこのあたりを占有していた巨大予備校群はと言えば少子化の影響で経営が立ちゆかなくなり予定通り、ホテルに鞍替えした。最初からホテルに転業できるよう校舎を設計してあった、という話だ。

しかし誤算なのは予備校の教室を細切れにした客室に泊まってくれたのは最初はアジアの安宿を転々とするバックパッカーたちで、それでホテルの格が落ち切ったところで定住難民たちが押し寄せた。あっという間にリトル・ロシアの出来上がりだったが、治安の悪化に次々と周辺の住人や店が立ち退く中で何故か日本共産党の本部だけはそのまま、というのも不思議だが、あたりの風景にはすっかり溶け込んでしまっている。

さつきは山手線と中央線と総武線が交差する代々木駅手前の三角地帯まで危うい足取りでたどりつくと、踏切と大ガードにはさまれるように建つ煉瓦造りのアパートの前で酔いが回ってとうとう座り込んでしまった。

わざわざ遠回りをしてこんなところまで来たのはそのアパートの二階が三溝耕平のかつての棲み家だったからだ。三方を線路で囲まれるこんな場所に住む耕平の気がさつきには知れなかったが、ここで初めてさつきは男に抱かれた。

まあ、想い出の場所、というやつだ。

けれど、耕平に抱かれているときは自分の身体を上から見おろす、なんてことはなかった。最後には自分の身体が耕平の身体と溶けあって一つになったような気さえした。

あの時の身体と今の身体はまったく別のような気がする。今のあたしはお人形か美少女フィギュアみたいなもので、けれどもあの時は、あたしの身体は確かに、肉、だったとさつきは思う。

しゃがみ込んだまま少し吐いた。

頭がぐるぐる回る。

「お家に帰りたくないよお」

さつきはそう駄々っ子のように呟いた。

「だったらあたしを買わない?」

頭上からダミ声がした。

吐き気と目眩に止めを刺してくれるような安香水の匂いがした。

オカマの立ちんぼのリツコだった。チャームポイントは立派すぎる喉仏だ。

「冗談。オカマと寝る趣味ないわ」

リツコが差し出す手を握ってさつきは立ち上がると傍らのガードレールに腰を下ろした。

リツコも両膝をそろえて隣に腰かけた。そして半開きのさつきの股を呆れたように見ると、たしなめるように膝頭をぴしゃりとたたいた。

「パンツ見えてるよ、さつき」

オカマはこういうところにうるさい。

「それより、あんた大丈夫なの？　こんな人目に付くところで商売してて、つかまったら強制送還だよ」

リツコは旧ルーマニアからの難民だ。ドラキュラの国だ。でもあたしは魔女の末裔なの、というのがリツコの口癖だった。

「大丈夫。このところ不法滞在者の取り締まり、すっかり甘くなったのよ」

なるほど。自転車に乗った警官が二人、ちらりとさつきたちの方を見たがそのまま走り去っていった。

「本当だ……」

「ほら、新しい法務大臣が移民受け入れ派になったじゃない、そのせいよ」

リツコが解説する。

「知らない」

さつきは呂律の回らない口で答える。

「あんた新聞、読まないの？」

「読まない」

リツコはふー、とため息をついて「バカになるよ、あんた」と言った。

研修医の仕事とキャバクラのバイトと男の世話で忙しくて新聞なんか読んでいる暇はなかった。

「日本語の新聞じゃないけどあげる、中身は同じだから」

リツコはロシア語紙を取り出す。代々木一帯で発行されている新聞だが中身は日本語の新聞の記事をそのまま訳しただけの海賊版だ。日経の記事と東スポの風俗記事がともにロシア語訳されて写真ごと流用（もちろん勝手に）されている。

さつきは新聞の一面に見覚えのある顔を見つけ

た。さつきの患者だった男だ。

「ほら、ここに書いてあるでしょ。東山法務大臣、移民受け入れ派に突如転向、移民法改正の動き、って」

「わかんないよ、ロシア語なんて」

さつきは焦点の合わない目で手許の新聞を見つめる。

「あれ……このセンセイ……」

「知ってるの？」

「ホクロの位置が違う……」

さつきが素っ頓狂な声をあげる。

リツコはそんなさつきの横顔をじっと見て、

「……疲れてるのね、あんた。早くお家に帰んなさい」

それだけ言うと立ち上がりひらひらと手を振り代ゼミホテルの方に消えていった。

さつきは一人、取り残されもう一度、新聞の写真をぼんやりと眺めた。

だが、新聞にある東山代議士の顔はやはりさつきが覚えている顔とはホクロの位置だけが何故か違うように思えた。

「なーんか変」

さつきは妙におかしくて一人できゃはは、と笑った。

研修医である福山さつきには夜勤は週三度、回ってくる。一応看護婦と違って仮眠を認められるけれどさつきは不眠症でほとんど眠れない。運良く男の呪詛のお相手をさせられなくても導眠剤の力を借りて明け方に二時間とか三時間、死人のように眠るだけだ。不規則な生活サイクルと男の果てしない繰言の相手でさつきはすっかり眠れなくなってしまった。

だから夜勤は苦痛ではない。少なくとも男の愚痴も酔客もそこにはいないのだから。

無人のロビーの傍らにある自販機でコーヒーを買うとさつきはソファーに腰を下ろした。壁には一面に例の記念写真が並んでいる。

政治家だけでなく有名スポーツ選手や芸能人、あるいは経済界の有力者や何百万人も信者のいる新宗教の教祖。

その中には先日騒動の時の東山代議士を囲む写真もあった。騒動の後、事務長は平然として、皆を整列させて再度、これを撮り直したのだった。

さつきはその記念写真の代議士の顔をしげしげと見つめる。二世議員で、政界では若手で通っている小政党の党首。入院の直前、連立内閣の法務大臣に就任していた。ゴルフ焼けして頬に肉のついた政治家にはよくあるタイプの顔だがどこか人工的な印象がこの顔にはある。だからといって特別端正というわけでもないし、整形した感じでもない。

一つには頬のホクロが左右同じ場所にあるせいだ。ドクター・ザグーから術後の処置を担当するように言われて初めて代議士と対面した時からその違和感はあった。

だが何日か前、リツコからもらった新聞の顔写真には違和感は覚えなかった。今の表情が人工的に見えるのは顔面に軽い麻痺が残っているせいだ、とさつきはずっと思っていた。

「うーん」

さつきは記念写真のパネルを前にして考え込み、そして周囲を見回して人気(ひとけ)がないのを確認するとパネルを壁からはずした。

さつきは地下の霊安室と同じフロアにある研修医の控え室のパソコンに代議士の写真をスキャナーで読み込んだ。それからインターネットの新聞社の写真サービスから東山代議士の顔写真を探し出してきた。

同じ大きさに拡大して並べるとやっぱりホクロの位置が違う。

パネルの東山代議士は左右の頬に対称にホクロがある。それに対して新聞社のライブラリーにあった写真は左の頬にホクロはあるが、右頬にはない。代わりに顎の右に小さなホクロがある。それだけではなく、何となく顔の輪郭も違う気がする。

新聞社のライブラリーの写真はリッコの持っていた新聞のそれと同じで、こういった著名人の写真は事前に撮影したものがストックしてある、と聞いたことがある。とすればやはり事故で顔に麻痺が出たか、さもなければ整形したか。

しかし、ホクロを取るならともかく移動してどうするのだろう。

さつきはコンパクトを取り出してしげしげと自分の顔を見る。こうして見ると自分は左半分の方が可愛いな、二重もくっきりしているし、靨もこっち側にだけ出る、と鏡の前で笑ったり、顔をしかめたりしてみた。

「両方とも左半分だったらもっと可愛いのにね」

さつきは、そうつぶやいて、そして自分の言葉にどきりとした。

さつきはコンパクトの鏡をｉマックのモニターの東山代議士の写真の上に置いた。新聞社の写真の方だ。顔の中心線の上にぴたりと置き、顔の左半分を鏡に映した。

鏡を持つ手が少し震えた。

さつきは写真加工用のソフト、フォトショップを開くと、東山の顔を中心から左半分だけトリミングすると「ミラー」と書かれたコマンドをクリックした。すると左半分の顔が左右反転した画像ができあがる。それをもとの左半分とつなぎあわせる。

すると、パネルの中の東山代議士と同じ顔になった。

何故だかわからないがさつきは子供の頃、ホラー雑誌で心霊写真を見たときと同じ感じがした。

更に二つの写真を重ねあわせると輪郭も一致する。つまり、東山代議士の顔は左右対称の顔に何故か整形されたことになる。

　まさか、五十歳を過ぎた代議士が自分は左半分の方がラブリーかも、と思うだろうか。人間の顔は左右対称ではなく、TVゲームのコンピュータグラフィックのキャラクターがどんなに細かく作ってあってもどこか奇妙なのは、顔のどちらか半分のデータを作ってそれを左右反転させて繋ぎあわせるからだ。それは決して自然界ではあり得ない顔だ。

　代議士の顔が人工的に見えたのもそのせいだ。

　さつきはこの奇妙な顔写真をとりあえずプリントアウトしておこうと画面をクリックした。

　その時、机の上の電話が鳴った。

　スタッフ・ステーションからの呼び出しだ。さつきは画像のデータが重く印刷には時間がかかることに気づきパソコンをそのままにして立ち上がった。

　戻ってくると出力されているはずの画像はプリンタにはなかった。


　代わりにアナスタシアとキャスパーが居た。

　あの時以来、彼女たちとは口を利(き)いていなかった。けれども彼女たちは屈託を後には残さない。何日かたてば何事もなかったようにさつきの前に現れてくれる。

　全てを無かったことにしてやり過ごす。それはアナスタシアがあの難破船の中で身につけた過酷な処世術だったに違いないが、さつきはいつもそれに甘えてきた。

「こういう遊び、流行(はや)ってるの？」

　キャスパーはさつきに久しぶりの対面の気を遣わせないように、いかにも興味深げにパソコンのモニターを覗き込んでみせた。

「流行っているって？」

「顔を半分に切って反転して繋ぎ合わせる遊び」

「流行っている、ってわけじゃないけど」

　キャスパーとの会話の間、アナスタシアはそっぽを向いている。彼女は彼女のお城の中以外では決して他人と目を合わせない。

「ふーん、でもぼく見たよ、病院のコンピュータをハッキングしている時」

キャスパーはとんでもないことを言い出した。

「あたしは知らない。この子が勝手にやっている」

アナスタシアがあわてて口を開く。

しかしキャスパーは気にせずまくしたてる。どうやら彼は病院内のパソコンを次々とハッキングしては他人のハードディスクの中身を覗き見しているらしい。

「ぼく見つけたんだ。人の顔を中心線で分割して、それぞれ反対側に鏡像を繋ぎ合わせて左右対称の顔を二パターン作るソフト」

キャスパー自身と言ったらいいのか、アナスタシアの左手と言ったらいいのか、とにかく彼は喋りながらもの凄い速度でキーボードを叩いていく。

またたく間に問題のソフトがさつきのiマックのモニター上に表示された。

ほらね、と自慢げにキャスパーはさつきの方を振り向いた。

「このソフトで作られた顔のデータも残っているよ」

キャスパーはさつきの困惑を意に介することなくファイルを次々と開いていく。

さつきは周囲を気にしつつも、モニターを覗き込む。

政治家。

財界人。

プロ野球選手。

有名女子大に入学したてのアイドルの顔もあった。

全員の顔が左右に分割された後、左右対称の二つの顔に作り変えられていた。しかも彼らは全てこの病院に一度は入院したことのある患者であるという点で共通していた。

だからこれは冗談ではなく整形用の顔を検討する

ソフトか何かなのか、とその時さつきは思った。しかしそこに一体、何の意味があるのか。

人の顔が右半分の左右対称か左半分の左右対称になることで人生は変わるとでもいうのか。整形手術としては難しい技術を要しないが、その動機や目的が理解できないのがどうにも気持ち悪い、とさつきは思った。動機のない傷害や殺人が不気味なように動機のない医療行為というのも実に不気味なものであることにさつきは初めて気づいた。

「ねえねえ、それで、こんなのもあるんだよ」

キャスパーが最後のファイルを開く。

画面の上に表示されたそれを見て、さつきは言葉を失った。

モニターの中には左右対称の顔をした二人のさつきがいた。

左半分のちょっと可愛い方のさつき。

右半分のまあまあ、のさつき。

これはアナスタシアとキャスパーの仕返しだろうか。

さつきは思った。

だったら目的がある。

だが、彼らは善意と一緒に悪意もどこかに喪失してしまった人々だ。

さつきの思わぬ反応にきょとんとしているキャスパーが何より悪意の不在を物語っている。彼らがやったことではない。

そう確信すると胃液が逆流してきた。

そして。

さつきは吐いた。


さつきが理事である新井(あらい)に呼び出されたのはそれから三日後のことだった。新井は出版社の経営やら政界工作やらで多忙な理事長に代わって大学病院に君臨する人物だ。例の記念写真コレクションも新井の趣味に近い。不在の理事長に代わって有名人患者の隣に立つのは決まって新井であり、保守政党からの選挙への出馬も何度となく取り沙汰されている人物だ。

研修医であるさつきが新井に呼び出される理由はない。病院内の身分が違いすぎる。何かの叱責なら指導医からなされればいいことであって、それに、理事に呼び出されるような失態に心当たりはなかった。

さつきのアパートの十倍は広い理事の応接室で待っていたのは理事と、それから東山の秘書の男だった。

ソファーに腰を下ろしていた秘書の男は目で犯すようにということばとはこのことかと妙に納得できるぐらいねっとりとさつきの白衣姿をなめ回すように見た。

嫌悪の余りにその場に立ち竦んでいると、

「まあ、そう緊張せずに腰を下ろしなさい」

と理事が言った。緊張なんかではなくただ嫌がっているだけなんです、とは言えなかったから、さつきは作り笑いさえして黙ってそれに従った。

「先日の一件は感謝する。君があんなにたくましいとは知らなかったがな。その身体からは想像がつかんが」

その身体、というところで今度は新井がちらりと白衣の裾を見た。膝はリッコに言われた通りぴったりと閉じている。

おやじ二人に視姦されるために呼ばれたのなら今すぐ舌嚙んで死にたいんですけど、と言ってやりたかったが、例によってにこにこしてしまう。あたしって本当に無防備でちょっと足りない女の子に見えちゃうんだろうな、とさつきは思った。

しかしどうやら用件はお小言ではないことだけは察せられた。箝口令の念押しか、そんなところだろうと安堵したが、実はとんでもないどんでん返しがさつきを待っていた。

「実は秘書の武藤先生がえらく君のことを気に入られてね」

理事が身を乗り出して切り出した。

武藤と呼ばれた秘書は妙にそわそわして理事の隣で何故か頬を赤らめている。

なにさ、お見合じゃないんだから、とさつきは心の中で悪態をついたが、実は用件はお見合に近かった。

要するに秘書はさつきに経済的な援助をしたい、と申し出たのだ。援助交際なんていう言葉がこの国で流行ったのは何年前だったか。この政治家秘書はよりによってさつきを囲いたい、というのだ。

あんまり呆れた話で怒る気さえしなかったが、怒鳴り返すことも席を立って部屋から出ていくこともできなかったので、ああ、あたしはまた誤解されちゃってるんだろうな、とさつきは思った。理事がこれは病院が経済的に恵まれない研修医の生活を配慮してのことでもあり、さつきの将来にとっても悪い結果をもたらさないであろうことなどをとくとくと説明し続けるのをただ良い子にして聞くしかなかった。

「まあ、新井さん、さつきちゃんにも考える時間を差し上げないと」

いきなり、ちゃん付けで秘書は言った。

「まあ、自分の将来のことだからよく考えたまえ。もっとも結論は一つのはずだが」

理事はさつきではなく明らかに病院の将来という見地からそうつけ加えた。

「それではさがりたまえ」

さつきは理事の声にぴょこんと立ち上がると深々とおじぎをしてから出ていった。

「礼儀正しい子ですな」

「親の躾（しつけ）がよいのでしょう」

ドアを閉める時、理事と秘書の会話が聞こえたが、ママがもっと悪い子に育ててくれればこんな目にあわなかったのに、とさつきは為（な）す術（すべ）もないのでとりあえず母親を恨んだ。

それでどうなるものでもなかったが。

その晩、アルバイト先のキャバクラに行くとマネージャーが申し訳なさそうに言った。

「さつきちゃん、悪いけどお仕事、今日までにしてくれない？」

突然の馘の宣告だった。指名する客は多いし、店も流行っていた。さつきには馘になる理由は思い当たらなかったが、やはりさつきはにこにことして「わかりました、長い間、お世話になりました」と頭を下げた。

最後のお仕事を恙無くこなした帰り際、マネージャーは小声でさつきに言った。

「さつきちゃん、多分、あんたこの辺ではどこも雇ってくれないと思うよ。新宿署の刑事がさ、あんたを使うんなら店を摘発するぞ、って今日言ってきたのよね。まあ、あんたこんなトコにいる子じゃないんだけどさ……でもあんた、何かまずいことでもしたの？」

さつきは首を傾げて「わかりません」と言うしかなかった。けれども事情は充分察しがついた。

あの政治家秘書が手を回してさつきが「自分の将来」に間違った選択をしないようにしてくれた配慮だったことは想像がついた。

いやになっちゃうな、と心の中でつぶやいてマネージャーにペコリと頭を下げるとそのままふらりと外に出た。

彼女を擁護するわけではないが、その頃のさつきは今にして思えばずいぶん自暴自棄になっていたことは確かだ。

ぎりぎりの精神状態とぎりぎりの経済状態で生きていたさつきは秘書の兵糧攻めにあっさりと心が折れてしまった。

もうどうでもいいや、と自暴自棄になってしまい、そして例の秘書の携帯に電話して「あのお話、お受けします」と言ってしまった。秘書の携帯の番号は代議士の主治医をしていた時、緊急連絡用にと教えられたものだった。

あの時から、目を付けられてたんだな、とさつきは思った。

電話を切るとさつきは何だか裸足で歩きたくなってプラダのハイヒールを脱いだ。それを両手にぶらぶらさせて裸足でアスファルトの上を踊るようにくるり、とターンするとそのまま地面に座り込んだ。〈アジール〉の向こう側には高島屋のビルが見える。

その上に月がでていた。

三日月だ。

乱視がまた進んださつきの目には眼鏡越しだけれど、三日月が二重写しに見えた。

「みんな死んじゃえばいいのに」

と、さつきは十四歳の子供のように空に向かって大声で叫んだ。


数日後、これから会いたいと、秘書は夜景が見えるホテルのバーの個室を指定してきた。ホテルのバーというのは魂胆が見え見えだったが自暴自棄となったさつきにはもうどうでもよかった。

それでも一つだけ確かめておきたいことがあった。自分が囲われるのはいいとして、心が少し壊れてしまっている、あたしの愛人はどうすればいいのか、と。

さつきのアルバイト先に手を回すぐらい気が利くのだから男の存在には当然気づいているはずだった。コンクリート詰めにしてお台場あたりの海に沈めてくれるのか、それとも秘書からもらうお手当でさつきは男を飼い続けることになるのだろうか。

さつきがバーの入り口で秘書の名を出すと、うやうやしく店内に案内された。お姫様のようだ、と思った。だったらもう少しちゃんとした格好をしてくればよかったと悔やんだが遅かった。

案内された部屋には秘書だけではなく、何故かド

クター・ザグーがいた。さつきがとまどったような表情を見せると、

「心配しなくていい、ドクター・ザグーは事情は知っておられる」

と、秘書は言った。

事情は知っておられる、ってあんまりこういうことを広く知られては困るんだけどな、とさつきは思った。

高校生の頃雑誌で見たことのある名前だけ知っていたカクテルをオーダーすると、さつきはまあいいや、とさっそく男のことを切り出した。

黙ってさつきの話を聞き終えると秘書はさつきの顔を覗き込んで言った。

「それでさつきちゃんはその男と別れたいのかい、それとも」

「わからないんです。愛してるわけじゃないんだけど情が移ったっていうか、だから、先生か男かどちらかを選べと言われると困っちゃうんです」

さつきは甘いカクテルのアルコールが思いの外強く急速に酔いが回るのを感じながら言った。

「身体が二つあったらいいのに」

突然、ザグーが一人言のように呟いた。

さつきには何のことかわからなかった。

「前にそう言っていたのを聞いた」

アナスタシアと死体安置室にいた時の話だとさつきはようやく思い当たった。

「ええ、確かにそう言いました」

「身体が二つあれば今日の一件も君の希望が満たされる」

ザグーは困惑した表情を浮かべるさつきにまるで患者に病状を告げる医師のような口調で言い、写真を二枚書類入れから取り出すとさつきの前に置いた。

「私はさつきちゃんの左半分の顔が好きだな」

秘書はそのうち一枚を自分のほうに引き寄せて言った。

それは二種類のさつきの写真だった。

左半分の顔の鏡像と右半分の顔の鏡像からなる二枚の写真。

確かに左半分を左右対称にした方が絶対、可愛い。

でも、なんでこんなものがあるわけあたしに整形しろとでも言うの……と思ったときには後頭部をハンマーで殴られたような睡魔が襲ってきた。

この強烈な作用はハルシオンじゃなくて、と、睡眠薬の名を思い出そうとしてさつきは意識を失った。


気がつくとぼんやりと手術台に横たわった自分の身体をさつきは見下ろしていた。

さつきの周りをドクター・ザグーと武藤秘書、そして新井理事が囲んでいた。看護婦は婦長だけがいた。さつきが生まれるよりももっと前からこの病院にいる主(ぬし)のような存在だ。

婦長がさつきの顔を軽く叩く。

それを合図にさつきは身体の中にぐいと引き戻される。

「気がついたようだね」

ドクター・ザグーがさつきの顔を覗き込む。

「怖くないからね、さつきちゃん」

秘書が愛(いと)おし気にさつきの頬を撫でる。気色悪いので身をよじろうとして、さつきは初めて身体が動かないことに気づいた。

「催眠状態に今の君はある」

ザグーが言った。

「これから君は手術を受けるが痛みはない。しかしその前に話しておくべきことがある」

そう言ってザグーが婦長に目で指図すると彼女はシーツが被されている箱のような物を部屋の片隅からさつきの隣に移動させてきた。首さえ動かせないさつきは横目でその方向を追った。

白い布が取られると、そこには人一人が入りそうなほどの檻（おり）があって、本当に人が一人入っていた。

　東山代議士だった。

　薬物を投与されたのか、目はうつろで檻の中にへたり込んでいる。

　そしてホクロは顎の左右に対称にある。

「実物を見せるのが一番だろうと思い、インフォームドコンセントのために連れてきた。患者に治療方法を納得のいくまで説明するのは医師のつとめだからな」

「さすが、ドクター・ザグー、医師の鑑（かがみ）であられる」

　持ち上げ癖のついた秘書が合（あい）の手を入れる。

「鏡人間、と私たちは呼んでいる」

　ドクター・ザグーは秘書のお世辞を意に介することなく淡々と説明を始めた。

「この男は東山の右半分の鏡人間だ。逃げ出して左半分の鏡人間を襲ったので可哀想だが今は薬漬けにしてある」

「彼は自分の方がスペアになったのが不満だったらしい。名前だって東山一二三で左右対称だから平等だって奴は言うんだよ」

　秘書が解説するがさつきには何のことか理解できない。

　不条理な、何かさつきが悪い子であることに対する罰としての夢。きっとそんな悪夢の中にあたしはいるに違いない、とさつきは無理矢理思おうとした。

「右脳が感情を司（つかさど）り、左脳が理性を司る、というのは聞いたことがあるだろう。彼の場合は左半身の方が聞き分けがよくて、ちゃんと私のような国なき民の受け入れも約束通りしてくれたしね」

「一体あなたたち何をやっているの？」

　さつきは不条理な夢に向かって叫ぶ。

　心の中で叫んだつもりが声になって、さつきは驚いた。それはこれが夢などではない証（あか）しなのだろうかとさつきは思い、初めて恐怖を感じた。

「スペア作りだよ、人間のね」

しかしザグーは表情さえ変えず淡々とインフォームドコンセントとやらを続けるだけだった。


ここでザグーの話を要約しておこう。

それは今となっては真実だったのか、それともさつきの見た不条理な夢の続きだったのかさえ定かではない。だが世紀末が未だに終わらないこの地では何が起きても不思議ではない。何しろ千年紀(ミレニアム)は我々を置き去りにしていったのだから。

ザグーが行っていたのは人間のスペア作りだった。例えば国家の要人が飛行機事故やテロで死んだとする。日本のように誰が首相になっても何も変わらないような国ならともかく、たいていの場合、その国の政治は大混乱だ。政治家だけではない。企業のオーナーや新宗教の教祖、あるいは大女優。取り替えの利かない唯一無二の存在にもしもの時が起きた場合のためのスペア作りが、ザグーがこの病院で密かに行っていた特別な仕事だった。スペアはもしもの時に備えてこの病院の特別室で待機している。東山代議士の場合はどちらがスペアになるかで折りあわなかったようだ。政治家というのは決して自分を譲るような人種ではない上に、同じ自分が二人いたら確かに折りあい様はない。


「あたしはスペアなんていらないわ」

さつきはザグーの目的を知らされて反論した。

「第一、あたしは唯一無二の存在なんかじゃないもの……あたしの取り替えなんかいくらでもいるもの」

それは嘘偽りのないさつきの心境だった。いや、人は本当は誰だって唯一無二の存在としての自分を渇望して止(や)まない。さつきがあの壊れかけた恋人と離れられないのも彼にとっては少なくとも自分がかけがえのない存在だからだ。

そう考え始めて、さつきはあの男の自分にとっての意味を理解した。

あたしがいなければ彼は駄目なの、いつもさつきはそう男の存在を弁明したが彼なしではいられないのは自分の方だった。

「そんなふうに自分のことを卑下することはない。私が手術した者たちにしても正直、それが唯一無二の人間なのかと疑問に思うことが多々あった。先日、手術したアイドルなど自分のスペアを作ってどうしたと思う？　一方の自分を彼女はダッチワイフ代わりにTV局のオーナーや大学の有力者に売り渡して、その身代わりに一生分の仕事を手に入れついでに一流大学に裏口入学までした。実に嘆かわしい」

ドクター・ザグーははき捨てるように言った。

「この手術はかつて私たちの国の指導者たちのためにのみ用いられたものだ。しかし彼らの作った国ももはやこの世にはない」

灰色のその瞳には彼の失われた祖国の幻影が映っているかのようだった。だがドクター・ザグーはまだ語り続ける。

「君がその男の申し出を引き受けたと聞いたときは正直失望したよ。だが、それで私の心は軽くなった。君は二人の鏡人間に分けられその秘書の男の気に入った左半身の鏡人間は彼の愛人となり、右半身は今まで通り研修医を続ければいい。彼は先のアイドルの一方がそうなったようにロボトミーを施した生けるダッチワイフとなった身体が希望のようだ。鏡人間を作った後、前頭葉の一部にメスを入れる。もう一人の君にもその方が幸福だろう」

冗談じゃない、とさつきは思った。

「さっきも言ったように、君は催眠状態にある。身体が動かないのはそのためだ。知っているだろう、催眠状態とは左脳が眠っている状態。だからダッチワイフとなるのは今、眠っている方の君だ。彼女は自分の運命さえ知らずに済む訳だ」

ザグーは婦長からメスを受け取り、さつきの額に当てた。ひやり、と冷たい感触がした。切られる、と思ったがメスは躊躇するように静止した。そしてザグーはまたもや饒舌に語り始めた。

「手術の手順を説明するのを忘れた。まず君を人体の中心から切断する。そしてそれぞれの半身の切断面から残る半身を復元する。クローンの場合だと受精卵からスタートするわけだから同じ遺伝子を持つ大人と赤ん坊ができるだけだ。私の手術はそれとは全く原理的に異なる。君も医学生なら聞いたことがあるだろう。左脳と右脳を繋ぐ脳梁を切断すると左半身と右半身が別々の動きをする。その原理を応用して私は二人の人間を作り出すのだ」

「そんな魔術じゃあるまいし」

さつきはとうとうザグーの蘊蓄に口を挟んだ。

ザグーの語っていることは医学の常識以前、お伽話か出来の悪いホラー小説以下の内容だ。だがザグーはさらりとこう言った。

「いいや、医学の起源は魔術なんだよ」

医学ではなく魔術。さつきは混乱し、自分の今の状況を忘れ思わず抗弁した。

「おかしいです、先生。右脳は左半身を左脳は右半身を支配するはずだし、臓器だって左右対称じゃないし……」

だがザグーは再び繰り返す。

「その疑問はもっともだが、しかしこれは魔術なんだよ、さつき君。私たちの国ではそういう医学が進歩していたんだよ。ほら君も聞いたことがあるだろう。死んだはずのケネディやプレスリーが目撃される都市伝説。あれは私たちの国家がまだあった時、西側に亡命した私たちの仲間の仕業だ」

ザグーの手の中でメスがゆらゆら泳ぐ。

「さて、その魔術的な原理だが……」

さつきは先程からザグーが必要以上に饒舌なのが気になった。一向に手術を始めようとしないのは加虐的な気分を味わっているわけではなさそうだ。

「ドクター・ザグー、講義の続きは後ほどにして、手術を……」

秘書に促(うなが)されてザグーはようやく蘊蓄を断念したかのようにふうとため息をついた。

メスが再びさつきの額に当てられた。

「痛くないよ、これは魔術だから」

ザグーの話があまりにばかげていたせいか不思議と怖くはなかった。

けれども何故か涙が出てきた。

どうせ二人になるなら、一人は今の男と暮らして、もう一人はずっと耕平を待ちたい。

さつきは突然、そう思った自分に驚いた。

自分はこの期(ご)に及んで何を考えているのだろう。

「耕平……」

さつきは彼女が待ち続けることのできなかった男の名を祈るようにつぶやいてみた。

声になった。

その時ゆっくりと部屋の扉が開いた。

「呼んだかい？　さつき」

耕平の声がした。

その声を聞いて、ああ、やっぱりこれは夢なのだ、とさつきは思った。

だって耕平が帰ってきた。

まるでアニメのヒーローみたいに絶妙のタイミングで。

しかも似合わない金髪で。

なんだかおかしい。

「間にあったようだな」

耕平はしかしさつきにではなくザグーに言った。

「もう少し君が来るのが遅れたら彼女は二人になっていた」

ザグーは言った。

「それは困る。一人でも手間がかかるのに」

耕平の言葉に失礼しちゃう、とさつきは思った。

「一体君は何だね……」

秘書が怪訝(けげん)そうに尋(たず)ねる。

「私が呼んだ。私自身を始末するために……」

ザグーはそう言いかけたが、言葉の途中で突然引きつるように白目を剝いた。

そして次の瞬間、水頭症のような後頭部がぱんと破裂しザグーは床に崩れ落ちた。

何が起きたのか全くさつきにはわからなかった。

ザグーが倒れたのと同時に背後から理事が耕平にメスを持って襲いかかった。ざくりと耕平の纏っていた奇妙なマントが切り裂かれる。血がステンレスの壁に散った。

理事はくんくんと獣のように鼻をひくつかせメスについた耕平の血の臭いをかいで、にやりと笑った。

「ほう、お前、呪いの臭いがする。お前も誰かの手術を受けたな。だったら我々に手出しは出来ないはずだ。お前の身体を元に戻すことぐらいの魔法はそいつにだってできるんだぜ」

そいつ、と呼ばれたザグーがゆらりと立ち上がる。

その姿を正面から見てしまったのだろう、ひいっ、と秘書の悲鳴がした。

無理もなかった。ザグーの頭蓋骨部は吹っ飛び、硬膜が剝き出しになっていた。そしてそこには二十センチメートルほどの胎児のような生き物がちょこんと座っていた。

その姿はジャパニメーションによく出てくる巨大ロボットの頭部にあるコクピットに乗り込んだパイロットに似てどこか滑稽だった。

「俺を元に戻してくれる？　それは願ったりだ」

耕平は切り落してくれと言わんばかりに頭を前に突き出した。

ザグーであった身体の手に握られていたメスが耕平に振り下ろされる。

プシュ、と鋭い音が続けざまにしてその腕がふっ飛んだ。そして次の銃撃で壁に叩きつけられる。

「バカなことを言わないの。元に戻ったらただの死体よ、あなた」

菜々山みどりが車椅子に乗ったまま両手で短機関銃ウージー・ピストルをザグーに向けていた。

理事が菜々山に襲いかかる。しかし彼女は冷静にその頭部を撃ち抜くとさつきのほうに車椅子で駆け寄ってきた。

そして、両手をパンと叩いた。

途端に身体が動くようになった。

「先生、本当に目、見えないんですか？」

思わずそう聞いてしまったぐらい菜々山の動きは敏捷（びんしょう）だった。

傍らで秘書は放心して立ち尽くしている。

菜々山はさつきをかばうように車椅子の後ろに隠す。その菜々山の前に耕平が立つ。それだけでさつきは異常な出来事がまだ終わっていないのにすっかり安心してしまった。

ザグーと理事だった死体（ボディ）は再び立ち上がる。理事の頭部にも胎児のような生き物が座っている。

「あれが何か聞きたい？」

菜々山はさつきに言った。

「いいです」

知りたくもない、とさつきは思った。

夢の中の不条理について説明なんか欲しくない、というのが今の彼女の心理だった。

胎児はザグーの身体（ボディ）を操縦しながら言った。

「何という仕打ち……せっかくこの国に移民してきて国家や人々に役立つ仕事をしたのに」

声はザグーの声帯から発せられているが、もはやザグーの声とはほど遠い金属音のような声だった。

下半身を後頭葉の中に埋めたまま彼らは両手で脳を刺激して巧みに身体（ボディ）を動かしている。

操り人形のような動きだ。

もう一人の胎児が耕平に言った。

「きさまらを殺す前にお前に呪いをかけた魔術師の名を聞いておこうか」

「……ゲルゲ」

三溝耕平は呪文にも似たその名を口にした。

「なんてこったい、慈愛のゲルゲかい……」

その奇妙な名を聞いた途端絶望しきった声で胎児は叫んだ。

「死人さえもその意志を無視して生き返らせてしまう狂人」

「ああ……ゲルゲの手にかかった者なら我らの勝ち目はない」

互いに互いの絶望を確認しあうと胎児は、まるで脱出カプセルのように寄生した身体(ボディ)の頭部から飛び出して、さつきたちの頭上を越えるとステンレスの床に転がり落ちた。そしてそのまま這うように排水口に逃げ込んでいった。

菜々山はそれを確認するとすぐさま放心した秘書に自分の銃を握らせた。

「彼女はどうしますか?」

耕平は部屋の片隅に立っていた婦長をちらりと見た。

「彼女は何も話さないわ。ここにいたらもっと悲惨なことをたくさん見聞きしているはずだもの。そうでしょ?」

婦長はその言葉に無言で頷(うなず)くと、一礼して部屋から出ていった。

さつきは何だかここに来てようやく腹が立ってきた。何よりもさつきを放ったらかしててきぱきと事後処理をする二人が気に入らなかった。

「耕平、あなた一体何してるのよ!」

さつきは金切り声を上げた。

「偽装工作だよ、秘書が二人を殺した」

耕平はさつきをふり返り、しれっとした顔で言った。

「初歩でしょ? 工作は事件の直後にただちに行わなくてはだめ」

菜々山がにこやかにつけ加える。

「あたしが言ってるのはそんなことじゃない」

そう叫んで我慢できずに耕平の胸にさつきは抱きついた。

懐かしい耕平の匂いがさつきの鼻孔に広がるはずだった。

だが、女ものの香水の匂いがして、さつきは思わず耕平を両手でおしのけた。抱きついたときの骨格も違うふうに思えた。

そして、とまどいがちに金髪を手にとって「似合わないよ、染めても」とさつきは言いかけて更に困惑した。それは染めた髪ではなく本物の金髪(ブロンド)だった。

「……あなたは耕平なの？」

また、夢のような不条理がさつきに襲いかかるのか。

好きにしてよ、とさつきは思った。

耕平は右手を差し出す。

マニキュアをした白く細い手だった。「彼女はアンジェラ」と耕平は女の名を口にした。

香水の正体はこの腕だ、とさつきは思った。

左腕をさつきは手に取った。黒人の手だ。

「マイケル」

「髪の毛は？」

「ダイアナ。左目もだ」と耕平は火傷の跡らしき痣(あざ)がかすかに残る左目の瞳をさつきに見せた。

青い瞳だった。

「あとは？」

「腰から下の方はホワイト。何なら見るかい？」

「いい、遠慮しとく」

そういうことか、悪夢の落ちは、とさつきは思った。

「五人分でちょうど一人」

「まるでフランケンシュタインの怪物ね、それで肝心の頭の中身は？」

さつきは耕平の顎の線をそっとなぞる。その感触には記憶があった。次に指は額の瘤に触れる。まるでコインが埋まっているような感触。それは当然、さつきの記憶にないものだ。耕平がゆっくりと口を開く。

「俺だ……幸か不幸か……」

さつきはほっとした。

「だったらおかえり、三溝耕平」

さつきはそう言って耕平の唇に口づけした。

「こんなありえない話をさつきはあっさりと信じるんだな」

三回、キスされた後で耕平は言った。

「男の人の言うことには逆らわないようにしてるの、あたし、いい子だから」

さつきはそう言うと今度は、ゆっくりと耕平の胸に顔をうずめた。

菜々山は秘書に催眠術をかけると内側から施錠し、自殺するように命じた。これで密室の出来上がりだ。犯人も凶器も死体もある。なんと親切なことか。

耕平はスペアの東山の肩を抱いて、さつきは菜々山の車椅子を押して部屋の外に出た。カチャリ、と鍵をかける音がした。

外に出て、さつきはそこが最上階の特別室のあるフロアだと初めて気がついた。

看護婦たちが無言で通り過ぎる。

「私たち、疑われませんか？」

「彼女たちは何も見てはいない、と言うわ。あの婦長のように。彼女たちは、見てはいけないものを見て見ぬふりをしてやり過ごすことに慣れているはずよ」

何でも知っているように菜々山は言った。それが菜々山のいつもの口調だった。

さつきはあたしも見てはいけないものの一つなんですか、と聞こうと思ったがやめた。

ちらりと腕時計を見ると朝の九時を回っていた。勤務時間が始まっていた。やっぱり身体が二つあった方がよかったかも、とさつきは思った。

「耕平は東山を解放してくる、と言って彼を外に連れていったわ」

ようやく一日の仕事を終えて菜々山の病室に顔を出すと彼女はファッション雑誌から目を上げて言った。

「本当に見えないんですか？」

「心の目で見ているのよ、さつき」

ふう、とさつきはため息をついた。

密室の中の殺人犯と死体はまだ見つかっていないようだ。見つかったところで、見てはならぬものとして葬り去られるのだろう。

ここはそういう場所だ。さつきは今日一日で充分にそれを学んだ。

「でも、スペアの東山を解放したらもう一人の方を付け狙って殺したりしません？」

さつきは少し心配になって言った。

「スペアの方は右半身だったわよね」

菜々山は尋ねる。

「ええ」

「だったら大丈夫。左半身の東山には心臓が二つあるんだけど右半身には一つもないの。なにしろ鏡像だからね。だから、心臓のある方を殺すと、もう一方も死んじゃうの。普通なら手術して右半身の方に一つ心臓を移植するんだけど、それはまだだったみたいだし……」

「はあ」

キャスパーの言っていた双子のジョン・ドゥーの正体はこれかと思ったが、今のさつきは気のない返事をするしかなかった。二人の東山の変死体も結局、ここに最後に運びこまれ、それも無かったことになるだろう。

「あたし、帰ります」

さつきは何だか心底疲れ果てた気分で立ち上がった。

「それで、一人しかいないあなたは一体どちらの男のところに帰るの？」

「聞かないで下さい」

最後の最後で一番聞かれたくないことを聞かれてしまったさつきはただ力なく笑った。

エレベーターを降り通用門から外に出ると三溝耕平が門にもたれかかるように立っていた。さつきは視線を合わせず黙ってその前を通り過ぎようとした。

「今日は何日だっけ?」

耕平がさつきを呼びとめるように言った。

「昭和七十六年三月十五日。ちなみにあたしの誕生日。あれから二年、たったの」

さつきは答える。

あの時耕平はさつきに誕生日までには帰るよ、と言ったが、それは二年前の誕生日のことだった。

「だから待ちくたびれちゃったの、あたし」

ぽつりとさつきは言った。

「仕方ないさ」

と三溝耕平は言った。

——そんなふうにして終末に遅れてしまった獣はこの街に帰ってきた。

最初の物語はこれでおしまいだ。

ガリレオ、と名乗る大男の浮浪者は手垢で汚れた割り箸ほどの長さの棒に刻み込まれたバーコードのような細かな刻印をそっと指でもう一度、端から端までなでると「もうこの棒には何も書かれていない」と言った。

日本共産党本部の軒下で夜を過ごすこの男はこの街のたった一人の語り部だ。

彼は拾ってきた棒にバーコードのような小さな溝をいくつも刻んでいく。

それが彼の物語を記憶する方法だ。

それが彼のリュックサックの中に何十何百とつめ込まれている。

一本の棒に一つの物語。

彼がその棒の刻み目を指でそっとなでるとその口

はまるで再生装置のように語り出す。

　もっと聞きたいなら、もう一本、ウォッカを奢ってくれ、でも今日はもう寝る、と言ってガリレオはレーニン全集のポスターの下にごろりと横たわった。

奇形腫だ
知ってるね、福山先生
では内容物は何か
報告したまえ
リヴァイアサン
終末を過ぎた獣
#2

お姉さん
病気治せる？
彼女が
みつけたの
名前は？
飯田あかね

これも奇形腫の一つなわけ……？
ハルトゼーカーの小人だよ
もらっていいかい？
細胞の二つや三つ御自由に

その日、福山さつきは三溝耕平が新しい女と暮らす夢を見たので朝から身体が鬱病患者のように重かった。自分だけが他の人間の何倍もの重力で大地に押しつけられているような気分がして、同棲相手である不安神経症の男から向精神薬を何種類か取り上げて喉に流しこんだけれど、それで余計に気分が悪くなった。

最悪の朝だった。

けれども二年目の研修医が体調が悪いので休暇をとりたいなんて申し出たところで認められるはずもなかった。じゃあ今日から永遠に休暇をあげるよと、小男で若禿の指導医から言われるに決まっている。何しろ今日び、医者の人手は余っているのだ。

日当九千円で丸一日きっかり二十四時間の拘束。時給に換算したらコンビニの店員より安い日雇いの臨時職員、それが研修医の身分だ。しかもそのリーズナブルな日当だって勤務日数分きっちりと支払われたためしがない。研修医に支払う給与の総額はあらかじめ医局ごとに予算枠として年度初めに決められている。実際に勤務している研修医の人数は予算枠の二倍近い人数だから、手取りの日当は当然、半額になる。分母が二倍になれば一人当たりの手取りが半分になるのはとても易しい算数の応用問題だ。この実勢価格による本当の時給が一体いくらになるのかについては、もはやさつきには計算する気になれなかった。

それでもアジアや旧ソ連邦の小国から招き入れられた留学生出身の研修医はその法外に安い日当を切りつめて彼らの祖国の家族のもとに送金するものも少なからずいる。彼らの祖国の物価は研修医の給与よりも更に法外に安い。そういう健気な労働者である彼らの存在がさつきたち日本人研修医の待遇面での不満をより口に出しにくくしている。病院の上層部はそこまで考えて彼ら貧しい国々の研修医を迎え入れているに違いない、というのがもっぱらの噂だが、数人でお金をだしあい外国人登録証用の「住所」のための小さなアパートを借りて、実際には夜勤用のオンコール・ルーム（仮眠室）を塒（ねぐら）にして生活費を節約する彼らの姿を目の前で見せられると文句が言いにくくなるのは確かだ。しかも彼らはそうまでして医師としての知見（ちけん）を広げ、そして祖国に帰れば貧しさと病に苦しむ人々からシュバイツァーか野口英世のように歓待される日が待っている。その点でもさつきたち日本人研修医は後ろめたかった。たまたま偏差値が高かったから周りの受験生がそうするように何も考えずに医学部に進んだ。そしてそのまま流されるままに、というよりは漂うように国家試験に合格し、研修医となった。

その間唯一、自分の意志でしたことと言えばNGOに志願した三溝耕平を追いかけてゴラン高原で半年間、ボランティアとしてすごしたことぐらいで、けれども医療設備の整っていた国連軍のキャンプでは国家試験に受かったばかりの医学生に出番はなく、結局、他のNGOのメンバーと毎日バレーボールばかりしていた。そして、ボランティアの期間が過ぎたのでさつきは三溝耕平を残して帰国した。

あの時、ボランティア期間をもう半年間延長し、そして耕平が志願したという特殊任務とやらに無理やりついていったとしたら、今頃、あたしは三溝耕平の身体の一部になっていたのだろうか、その方がずっとよかったかもしれない、とさつきは三溝耕平が戻って以来、考え込むことが増えた。

さつきはわずかの休憩時間後にオンコール・ルームのベッドにもぐり込み血のめぐりが絶望的なほどに悪い脳味噌でぼんやりと考えるのだった。

とにかく眠ろう。

少しでも疲れをとろう。

さつきはそう気を取り直し、睡魔に投身自殺のように身をまかせる。

「福山先生、福山さつき先生」

脳幹の奥の方で突然誰かがさつきの名を呼んだ。それを無視してそのまま落ちていこうと思ったけれど、あわててその誘惑にブレーキをかけた。

ここはベッドではない。

「は……はい」

さつきは必死で返事をした。

目の前に白衣の小男の肩がある。

この肩をさつきは枕の替わりにしていた。

「きちんと牽引(けんいん)したまえ」

叱責の声にやっと目が覚め、ここがどこかを思い出した。

手術中、開腹した患部を術者の背後に立って鉗子(かんし)で牽引する第三助手が研修医に与えられる役割だ。助手といっても与えられる作業は唯一それだけだ。ただひたすら患部を引っぱっている、という考えようによっては楽な仕事だ。けれども術者である執刀医のちょうど死角に入ることもあって、長い手術の場合、睡眠不足気味の研修医は、しばしば立ったまま眠りに落ちる。研修医になって半年もすればそんな芸当も自然に身につける。もっとも今日は手術が始まってまだ三十分しか経っていないが何しろ今朝飲んだ薬が強烈だった。

だがさつきが立ったまま眠りこけたところで今日の手術は特別、難手術というわけではないから何の影響もない。患者は三十代半ばのスラブ系難民として入国し、定住許可が半年ほど前におりたばかりの男だ。外国人の患者でも定住許可のある彼は国民健康保険にしっかりと加入しているから費用のとりっぱぐれの心配はない。頸部(けいぶ)に握り拳(こぶし)大の腫瘍(しゅよう)があり、それを摘出する手術だが、良性であり、悪性転化の徴候もない。見かけほど大変な手術ではない。

叱責されたさつきはとってつけたように背後から指導医である執刀医の指先をのぞき込んで「見学」

する。右手に軽く握られたクーパーが嚢胞に包まれた腫瘍を巧みに剝離していく。外科手術の基本は「剝離」と「止血」と言われるように、癒着した患部を剝離していく技術が外科医の技術の巧拙を決定づける。先がカーブしたクーパーと呼ばれる手術用の鋏の先がまるで蝶のようにひらひらと組織の上を舞っている。指導医は顔と性格は悪いが手術の手技は超一流だ。

　魔法のように嚢胞が剝ぎとられていく。良性なのはこの嚢胞に腫瘍が包まれた状態になっているからだ。

　剝ぎ取られた嚢胞性腫瘍は指導医の向いの第二助手がトレイで受けとる。

　ふう、っと皆が一斉に軽くため息をつく声が聞こえる。

　目線で指示された第二助手が傷口を縫合していく。

　手術室内の緊張が一気に緩む。

「さて、福山さつき先生」

　指導医がくるりとさつきの方を向いた。

　小柄なさつきは踏み台の上に乗っているのでただでさえ身長の低い指導医の顔を見下ろす形となりばつが悪い。

「目は覚めましたか」

　皮肉たっぷりにさつきに尋ねる。

　やはりばれていたのか、と思う。

「す……すいません」

　とにかくここはあやまって済ませることだとさつきが頭を下げようとする。するとその鼻先に絶妙のタイミングでトレイが差し出されたので、その中に思わず顔をつっこみそうになる。指導医たちはこういったつまらない嫌がらせがことの他、好きなのだ。

「いくらうまそうでもかぶりついてはいかんよ」

　そして口にする冗談は死ぬ程、悪趣味だ。

　だが研修医である以上、決して怒ってはいけない。

「奇形腫だ。知ってるね、福山先生」

「は……はい……。混合腫瘍の一種で多くは嚢胞性でその内容物から組織学的に成熟型、未熟型、奇形腫成分の悪性化の三つに分類できます」

さつきは指導医の質問にきのう一夜漬けで丸暗記した医学書の一節を必死に暗唱する。

「それではこの奇形腫はどの型かね」

「成熟型ではないかと……」

「成熟型の特徴は？」

「腫瘍成分が高度に分化、成熟した組織からなり、毛髪、軟骨、歯牙、時には小脳など高度に発達した組織も……」

矢継ぎ早の質問にさつきはしどろもどろになりながら答えていく。

奇形腫。

正常な生命の発生では受精卵から細胞分裂胚となって、それがやがて人間なり動物なりの型となっていく。だが、たとえばラットの胚細胞を生体の腎臓や精巣に移植すると胚は急速に秩序を失って細胞増殖が正常な制御からはずれる。その結果、細胞は皮膚や骨など様々な形に、しかし無秩序に増殖する。ラットの形にならず、バラバラの骨や内臓に成長してしまうのだ。発生学的にこの現象を奇形腫というが、これが人体で自然に生じたのが病理学上の奇形腫である。胎児の段階で体内に未分化のまま残された胚細胞が何らかのきっかけで増殖を開始するのだと言われる。正常の胚ならば子宮の中で人間の姿に向かって成熟するが奇形腫の場合はコントロールなしで勝手に増殖をする。ちょうど嚢胞が子宮の代わりをして臓器の一部がクローンのように作り上げられる。だから、嚢胞を開くと髪の毛がぎっしりつまっていたり、時には殆ど胎児と見まがうばかりの「成熟した組織」が入っている場合さえある。通常は小児期に発生し、腫瘍のできる場所は性腺を始め仙骨部、上顎部、後腹膜など各所で性別を問わない。今回の患者の場合、成人男子での発生というのが珍しいといえば珍しい。

　指導医のねちっこい質問をさつきはどうにかクリアーした。少なくとも答えに窮することはなかった。だが、そのことがどうやら指導医のお気にめさなかったらしい。攻撃誘発性というのだろうか、さつきはしばしば他人のサディスティックな感情を刺激するところがある。この三十代半ばで身長がさつきと大して変わらない小男の指導医はドクター・ザグーの「後任」であり、今のところ頭から小人が飛び出してくることはないけれど、ＳＭプレイの言葉責めに近い執拗でしかも女々しい指導ぶりにはいささかさつきはうんざりしている。

「なるほど、良く勉強してきているね。それではこの嚢胞の内容物を確かめてみたまえ」

　指導医は泡になった唾液が凝固しかけた口許をひきつらせてうすら笑うと今度は嚢胞の入ったトレイと一緒にメスをさつきに差し出した。

　いくら医者とはいえ、摘出されたばかりの臓器にはまだ慣れていない。まして茶褐色に変色した嚢胞はあまり気持ちのいいものではない。

「どうした？　内容物を確かめなくては悪性転化の可能性は否定できないだろう？」

「は……はい」

　さつきは泣きそうな気分でメスを受けとる。

　ここで涙ぐんで女の子っぽいところを見せれば指導医も満足して多分それ以降は鳥肌のたつぐらい優しくさつきに接してくれるのだろうが、何だかそれはこの男に犯されるのと同じぐらいに嫌だった。

　さつきはだから泣き出しそうになるのを必死でこらえて恐る恐る嚢胞をメスで切り開いていった。どろり、とコーン粒のような脂肪が溢れ出る。

　これくらいなら平気だ。

　いつのまにかサディスティックな視線が手術室中に感染して全員がさつきの表情を見つめる。

「さあ、内容物は何か報告したまえ」

指導医の男はそう言って何故か生唾を飲む。

　さつきは負けるもんか、と思い、鉗子で切断面をこじあけ内容物を確認する。

　せいぜい軟骨か出来そこないの内臓器だ。そんなもの、考えてみれば見慣れているではないか。さつきは自分に言い聞かせ、嚢胞の中身を親の敵(かたき)のように睨みつけた。

　だが嚢胞の中から何者かがさつきを睨み返した。

　全身にびっしりと鳥肌が立つのが自分でもわかった。

　目が点になった。

　何しろさつきは目が合ってしまったのだ。

　内容物と。

　高度に分化、成熟した奇形腫の内容物は、よりによって眼球に発達していた。嚢胞のなかには十数個の小ぶりの眼球がびっしりとつまってこっちを一斉に見つめている。いや、本当は何も見てはいないのだろう。けれど十数個の成熟した目玉はさつきが嚢胞を覗き込んだ途端一斉にこっちに視線を向けたのだ。角膜も虹彩もちゃんとあるちゃんとした目玉だ。何故か青い瞳だ。よくよく考えれば灰色の目をした患者の奇形腫にしては発生学的に矛盾するのだが、そんなことを考える間もなく、さつきは手術室の床にうずくまって吐いた。その姿を指導医たちが満足気に見下ろすのがわかった。けれどもそれでも今は胃の中にもあの目玉がぎっしりと詰まっている気がしてさつきは喉の奥に指を差し込んでもう一度無理矢理、自分の意志で吐いた。

　目玉の代わりに胃液が床にこぼれた。


「それは災難だったわね」

　菜々山(ななやま)みどりは楽しそうに笑った。代々木の街が一望できる病院の屋上が今のところ菜々山みどりは事の外、お気に入りで、看護婦が目を離すと屋上に勝手に上がっては下界を見下ろしている。まるで見張り塔から何かを見張っているようですよ、とさつきが言うと、盲人をからかうものじゃないわ、とかわされた。

　からかわれているのは自分の方である気がする、とさつきは思う。今だってさつきにはさつきの困り果てた表情がおかしくてこらえ切れずに笑い出したように思えたのだ。

　本当は見えているんじゃないかと疑わしくて、ここであかんべえでもしてやろうかと考えたけれどそれこそ見えていたらバカみたいなのでやめた。それで仕方なく今日の出来事の報告を続ける。なるだけ滑稽に話して菜々山みどりに笑ってもらえれば、あの不快感を少しだけ忘れられそうな気がしたのだ。

「だから、嚢胞の中に目玉がびっしりとあって、一斉にこっちを見てるんですよ。もうすっごい気色悪くて」

「その目玉にバーコードはついてなかった？」

「え？」

「そういう劇画、流行(はや)ってるんでしょ？」

「若者文化(サブ・カル)に詳しいですね」

　やれやれ、と思う。

　連続殺人犯の目玉にバーコードがついている、というサイコサスペンスの劇画はさつきも読んだことがあるけれど、随分と悪趣味な代物(しろもの)だった。菜々山の冗談はそのことを言っている。

　確かあの劇画ではバーコードの犯罪者が刑事に殺される度(たび)にアイバンクが眼球の回収にくるのだった。

　そんなことをぼんやり考えていると突然、空からバリバリバリ、と音がした。

　見上げるとヘリコプターがさつきたちに向かって急降下してくる。さつきはあわてて菜々山の車椅子を押して場所をあける。

　屋上は急患用のヘリポートをかねているのだ。だから本当は許可なくしては上がれない。さつきたちは無断でここにいるのでちょっと間が悪い。医師が二人、アイスボックスを抱えてエレベーターから飛び出してくるとボックスごとヘリコプターの乗員に手渡す。ヘリコプターはそれを受け取るや再びあわただしく浮上して飛び去っていった。

その間わずか三十秒ほどの出来事である。あっけにとられる前に終わってしまった。

「あらあら騒がしい」

菜々山は呆れたように言う。

しかし医師たちはさつきたちなど存在しないかのように通り過ぎていく。

さつきはそれでも医師たちがエレベーターの中に消えるまで頭を下げ続けた後で、ヘリの旋風で乱れた髪を直しながら「臓器移植ネットワークのヘリですよ」と説明した。

九九年に最初の脳死移植が行われてからというものこんな風景は日常となってしまった。少し前なら脳死患者の出た病院をテレビカメラがずらりと取り囲み、遺族たちをマスコミが追いかけ回したりもしたものだがそれもすぐにあきられてしまった。どんなニュースも気がつけばありふれた日常と化していく。

それはそれでちょっと困ったものだ、とさつきは思う。

さつきの病院では入院するとき、患者はドナーカードに半強制的にサインさせられる。本当は違法なのだが、その代わり、治療は安価で受けられる。どの病院でもやっていることでそうでもしなければ移植用の臓器を一定数、確保できない。アメリカでは臓器移植用に患者のクローンを作ったらいいのではないか、と本気で主張する医師や製薬会社がいるぐらいだ、と聞いた。

「ここだけの話、うちの病院って移植用の臓器の提供実績では日本で一、二を争うんですよ。だから先生も気をつけて下さい」

さつきは半分本気でそう言った。

「毒ガスを浴びたあたしの内臓は使いものにならないわ。金正日に感謝しなきゃね」

菜々山らしいきついジョークが返ってくる。

だがそれでもさつきの病院の医師たちは一つでも使える臓器はないかと、菜々山の身体の隅々まで点検するだろう。

死体は一度バラバラにされ、そして、再び人間の形に縫い合わされる。

まるで三溝耕平のように。

「それよりも、あの男はどうしているの？　三溝耕平は」

菜々山は不意に尋ねる。

ああ、そうだ、今日、こんな目にあった最初の原因は三溝耕平のせいだ、とさつきは思いだした。あいつが女と暮らす夢を見て、死ぬ程、不愉快だったので向精神薬を何錠か飲み込んで病院に来たら眠くなって、そのおかげで指導医にからまれて……。不快な出来事のドミノ倒しをさつきはわざわざ反芻する。

みんな耕平のせいだ、とさつきは思ったが、そんなことをいくら気心の知れた菜々山に対してだって口にはできない。ただのヒステリーだ。その程度の理性はさつきにも残っている。

それに三溝耕平に対してさつきが本当に頭に来たのは彼が夢の中で他の女に優しくしたからではない。

問題はむしろ三溝耕平の新しい仕事だ。だからそれだけは菜々山に伝えておこう、とさつきは思った。

「それが先生、聞いて下さいよ。耕平ったらあのアパートに舞い戻って何を始めたと思います？」

「クリニック？」

菜々山は少女のように首をかしげて答える。

「医者は医者でも心霊手術ですよ、外科設備は金がかかるとか言って」

うんざりした顔でさつきは真相を告げた。

この街に帰ってきた耕平は旧世紀と新世紀にまたがる形で借りっぱなしとなっていた彼のアパートで

よりによって心霊手術師なる看板を掲げて開業したのだ。

「いいんじゃない、医師免許は持っていたものね、彼」

だがそんな報告も退屈な菜々山みどりを喜ばせるだけだった。

「そういう問題ではないでしょう？　彼は望んだら大学病院に戻れたはずだし、そうすれば博士号だって取得できるし……」

医師としてのキャリアをあっさり棒にふった耕平にさつきは何だか無性に腹が立って菜々山にまくしたてた。

「そんなふうに生きるのが彼は嫌だったんじゃないの」

菜々山は穏やかに言った。

そんな耕平の心情は本当はさつきにだってわかっていた。けれども彼を待っていられなかったくせに、医局には戻らないと知らされて、もう一度置いていかれた気にさつきはなったのだ。

だからあんな夢を見たのだと思う。

やはり、悪いのは耕平だ。

さつきは自分の不幸の源を全て耕平のせいにせずにはおれない。それほど耕平にわだかまってしまって、意地になっている。しかし菜々山はさつきの屈託に気づかないふりをして愉快そうな口調で言う。

「昔、テレビで見たわ。ニワトリの内臓とかを隠し持ってて、これが取り出した腫瘍です、とか見せるフィリピンか何かの心霊術師。意外だわ、彼にそんなユーモアのセンスがあったなんて」

菜々山は楽しそうに笑う。

「ユーモアならいいんだけど、彼、本気なんですよ」

「だったらあたしも耕平の病院に転院しようかしら」

「はいはい……せいぜいブタの内臓でも取り出してもらって下さい」

さつきは少し気持ちに余裕がでてきたのでわざと大きなため息をついて菜々山を笑わせると、彼女の車椅子の背中に回った。菜々山に茶化されて少しだけ気持ちがほぐれていた。

いつの間にか日が暮れかけている。

夜の冷気は老人にはよくない。

あたしって何て気がきくんだろう、と思いながら夜が降りてくるのに脅える子供のようにさつきはエレベーターに向かって車椅子を押し出した。

三溝耕平が二つの千年紀(ミレニアム)を隔てて暮らすことになったアパートは代々木駅近くの山手線と中央線、総武線の三つのＪＲの鉄道が交わる三角地帯にあった。二つの踏切と一つの高架に挟まれた場所に建つ煉瓦造りの三階建てのアパートの二階に彼の部屋はある。三方向からの騒音に耐えられるだけの選ばれし者だけが住むことが許される聖地の如き安アパートだ。三溝耕平に言わせれば結界だがルーマニア生まれのオカマの魔女であるリツコによれば騒音で悪魔も近づいてこないだけの話ということになる。どちらが真実かは言うまでもない。

その結界の入り口である踏切の前に三溝耕平とうんざりした顔のリツコが立っている。三溝耕平は関わる女たち（リツコは生物学的には男だけれど）を何故か常にうんざりさせる傾向にあるらしい。

耕平とリツコはそれぞれ大きなビニール製のゴミ袋を持っている。リツコは耕平より七センチ背が高くて、グッチの偽物(フェイク)で十五センチもあるハイヒールをはいている、喉仏がチャームポイントのオカマだ。

夕方のこの時間は一分間隔で上下線とも通過していくからここは殆ど開かずの踏切と化す。十何本か急行やら特快やら通勤快速を見送った後で、

「もう、だめえ……」

と、リツコがへなへなと遮断機にもたれるようにしゃがみ込む。

「重いったらありゃしない。かよわい女にこんなもの持たせて。あんたには思いやりってものが欠けてるんじゃないの」

リッコは三溝耕平を恨めしそうに見上げる。

「かよわい女？　オカマだろう」

「失礼しちゃう」

耕平の言葉にむっと来たリッコは立ち上がると、耕平の荷物を持っていない右手にビニール袋を押しつける。

「そっちの手でもう一つ持ちなさいよ、男なんだから」

リッコは耕平の右手にビニール袋を無理やり握らせようとする。

白くて細い女のような手。

耕平はまるでその手を庇うように後ろに隠して言う。

「だめだ、血豆でも作ろうものならアンジェラの奴が怒る。何しろ、スプーンより重いものは持ったことがないというのが彼女の自慢だった」

アンジェラ。

行方不明になった五人の特殊部隊の隊員のうちの一人。イタリア国籍の、ちょっと匂いのきつい香水が好きな女だ。

「女にはやさしいのね」

「フェミニストだからね」

やれやれ、これじゃあ、さつきも苦労するよね、とリッコは彼女のたった一人の女友達のことをちらりと思って肩をすくめた。

ようやく踏切が開いた。

「急がないとまたすぐ閉まっちゃうぞ」

耕平はリッコの分のゴミ袋を置きっぱなしにして、一人でさっさと踏切を渡っていく。

本当に思いやりのない男だ。

けれども仕方ない。

さつきだったらここでむくれて男の子があきれて荷物を持ってくれるまでハンガーストライキでもし

ているみたいに座り込んでいるだろうが、あたしは女の子じゃないしね、とリッコは思い、屈強なオカマの手にもやっぱりずしりと重いビニール袋を持ち上げると小走りに耕平を追いかけた。

「それにしてもなんなの、この中身」

耕平に追いついたリッコが尋ねる。

「ブタの内臓だよ」

耕平は平然と答える。普通の女の子ならここで可愛く「きゃっ」とか言えばいいのだけれどやるだけ無駄だ、と先ほどからの耕平の扱いで、リッコは悟っていたからあきらめた。

その代わり皮肉の一つも言ってやろうと「心霊手術師でも始める気」と言ったら「そうだよ」と悪びれずに耕平は言った。

「なんでわかったんだい？　そうか、看板、もう届いたのか」

耕平がうれしそうに指さしたアパートの玄関上、ちょうど耕平の部屋の窓の下あたりには蛍光ピンクのネオンサインで「三溝心霊外科」の文字がまるで安手のピンサロのように光っていた。

「はあ」

と、リッコは深くため息をつき、いくら祖国を追われたとはいえ冗談よりも現実の方が馬鹿げている東洋の果てに流れついた我が身の不幸を呪った。

そして夕食を食っていけよ、という耕平の申し出を辞退すると（ビニール袋の中身を食わされるのは、ご免こうむりたかった）、さっさと客引きのために共産党本部の前の通りに向かった。

口直しにコミュニストのいい男が引っかかるのを祈りつつ。

さて、福山さつきはと言えば、夜のお仕事を終えると——例の頭の中の小人の事件の後で再び同じキャバクラでアルバイトを始めていた——やっぱり三溝耕平に意見してやれるのはあたしだけなのだという気になり、彼のアパートに向かった。殆どそれは酒の勢いといっても過言ではなかったが、それに加えて三溝耕平がよもや女と暮らしていないか確かめずにはおれないという隠された目的があった。とにかく乗り込んでいって一気にまくしたててやるつもりだったが、踏切を渡って例のネオンサインを目にすると数時間前のリツコと同様に途端に全身から力が失せた。

　多分、三溝耕平はこの看板がとても変だ、ということに全く気づいていない。昔からそういう男だった。美的センスとかデリカシーといった繊細さに彼がいかに欠けているかについてさつきの心の中に立て続けに二十個近い事例が浮かんだが、考えてみればたった今、それに新しく一つ、不愉快なエピソードが加わっただけだ、ということに気づくともう耕平には金輪際関わりたくない、という気になった。そうしてまるで耕平の呑気すぎる顔にそうするかのように能天気なネオンサインにあかんべえをした。

——あんなハデな看板で来るか客が、オカルト商売やるならやるでもっとおどろおどろしい看板出すとか、考えろよ少しは、とさつきは心の中でネオンサインに空しく悪態をついた。

　そしてふう、とため息をついて——さつきはこのところあたしはため息ばかりついていた、まるでチャーリー・ブラウンみたいだ、と思った。何だか耕平に説教するのもばかばかしくなって踵を返そうとすると、アパートの前の暗がりに女の子がしゃがみ込んでいるのが目に入った。

　六つか、七つに見える。

眼窩から今にもこぼれ落ちそうな大きな瞳が暗がりからじっとこちらを見ている。まるでミッフィーのイラストを前にした時のようにさつきはその目に魂を一瞬吸いとられそうになった。うさこちゃんの絵に魂を吸いとられそうになった、なんていうとばかみたいと言われそうなので誰にも言ったことはないがさつきはミッフィーの顔を見るといつも思う。無垢とはああいう目を言うのだ、キティなんかとは全然違う、というのがミッフィー派のさつきの見解だ。

　とにかく女の子はそのミッフィーみたいな目でさつきの瞳をじっと見つめている。

　近頃増えたストリートチルドレンの子かもしれない、とさつきは思い、だったら福祉事務所に保護させなきゃと考えて近づいて「どこの子？」と彼女に聞いた。

　けれども彼女はそれに答えずに、

「お姉さん、病気治せる？」

　と聞いてきた。

「どうして？　どこか悪いの？」

　女の子は首をふる。近くから見ると女の子は薄よごれた大人用のブラウスをワンピースのように一枚まとっているだけだ。こんな姿で街をうろついていたらチャイルド・ポルノのモデルにさせられるか、大久保の方にあるそれ専門の店に売られるかのどっちかだ。それほどこの子は愛らしくそして無防備だ。

「お姉さんはお医者さんだよ、まだ、駆け出しだけど。それより名前は何ていうの？」

　さつきは少女の前にしゃがみ込み、彼女の目線の高さになって彼女を安心させるように言う。

「だったら治して」

　少女はちょっと生意気そうな口調で言った。

「誰を？」

「病気の人……」

「病気の人がいたら治すよ」

「じゃあ来て」

　女の子はさつきの手をとると歩き始める。その小さな手は、まるで自分に娘がいたらこんな感じなんだろうな、とさつきに不意に思わせた。自分には母性本能なんてない、とずっと思っていたのにそれは何だか不思議だった。

　さつきが連れていかれたのは代々木駅の裏手にある古いバーだった。まるで昔のゴールデン街のようにその一角にはバラックのバーや飲み屋が並んでいる。

少女は鍵のかかっていない店の中につかつかと入り込んでいく。カウンターだけで五人も入れれば満員になるような小さな店だ。

「病気の人はどこにいるの？」

少女は薄暗い天井を指さした。

お姉さんはからかわれたってわけね、とさつきは思った。

天使のような瞳を信じた自分がばかだった。だが、女の子は天井を指さしたままだ。

「どしたの？」

背後の入り口からリツコが突然店内を覗き込んだ。

「な……なによいきなり」

さつきは驚いて声を上げる。

「いきなりはあんたでしょ？　なんでこんなトコにいるのさ。いくらあんたがおちぶれたからってこんな店につとめることはないわよ……」

「そうじゃないの……この子が病気の人がいるっていうから……」

女の子はまだ天井を指さしている。

「そういえばこの店、ここ三、四日、ずっと休業中だったわ」

リツコは天井を見上げ「まさか」とつぶやくとひらりと男らしくカウンターに飛び乗り、天井の一角をぐいと持ち上げた。どうやら屋根裏部屋があるらしい。

リツコは「まさか、死んでないでしょうね」と、屋根裏部屋の入り口に身を乗り入れた。

そして中を覗き込むと「さつき、耕平に電話して、急患だって」と叫んだ。

「急患はいつでも歓迎さ」

リツコは先ほどのバーのバーテンであるグルジア共和国出身の男を手術台の上におろした。耕平はさつきが電話するとすぐに駆けつけてきたが、天井裏から男を引きずりおろし、ここまで引きずってきたのはリツコだった。

スプーンより重いものを持てないアンジェラに逆らう気はリツコにはなかった。

「彼女が見つけたの」

リツコは耕平たちの後をついてきた、部屋の片隅のソファーにちょこんと腰を下ろしている少女を指差して言った。

「名前は？」

耕平が尋ねると少女は、

「飯田（いいだ）あかね」

と、さつきに教えてくれなかった名前を耕平には口にして、にっこり笑った。

「いい子だ、お客さんを連れてきてくれて」

耕平はあかねの頭をなでた。

あかねはちらりとさつきの方を見た。その視線に女を感じて結構むっときたが、リツコもあかねの態度にあきれて両手を広げて肩をすくめてこっちを見ているのでとりあえず怒りをこらえた。それにしたって男はどうしてみんな若くて可愛い女に甘いのかしら、とかつては若くて可愛くてそれ故に散々いい思いをしてきたさつきは自分のことを棚に上げて思った。

「それにしてもすごい瘤（こぶ）」

リツコは男の右脇腹にできたメロンほどの大きさのふくらみを見て言った。

「奇形腫？」

さつきは思わず昼間の出来事を思い出した。

「詳しいじゃないか。少しは勉強しているな」

耕平は両手を洗面器の消毒薬でいいかげんに洗浄すると何も持たずに手術台の前に立った。

「ちょっと待って……まさか……耕平」

さつきはあわてて耕平に尋ねる。

「看板で見ただろう……心霊手術って」

「冗談言ってる場合じゃないんだよ……ちゃんと治

療してよ……」

だが、さつきが抗議の言葉を言い終える前に耕平は無造作に男の患部にすっと右手を差し込んだ。まるで豆腐に箸でも刺すようにあっけなく耕平の手は男の腫瘍の中に入り込み、中でうごめいている。

「うそ……」

さつきは信じられないものを見たショックでへなへなとソファーに座り込む。

「だから言ったろ？　心霊手術だって……」

「ふーん手品じゃないんだ？　じゃさっきのブタの内臓はどうするつもりだったの？」

リツコがさつきと入れ替わりに興味深げに手術台に近づいて見学を始める。

「気に入らない奴にはあれを使って金だけふんだくって病気は治してやらない」

「あ……そ……素敵な心がけね。それにしても上手いものね」

リツコは感心したように耕平の手技を観察する。

ルーマニアの魔女の家系であるリツコにしてみれば心霊手術は知識として知ってはいたが実物を見るのは初めてだった。その手際の良さが外科医としての資質なのか呪術師としてのそれなのか、リツコにはどちらでも良かった。そんなことは大した問題ではない。

「よし……嚢胞をつかんだぞ……」

耕平は魚を釣り上げでもした子供のように無邪気な声をあげる。

「さあ、剝離させて……取り出すぞ、こいつが破れて内容物がもれていたから腹膜炎を起こしていたんだ」

リツコはさり気なくトレイを差し出す。

彼女は気配りのオカマだ。

「さんきゅ」

耕平は血まみれの嚢胞を取り出してトレイの上に置いた。

「気分悪い……何なのこれ」

リツコがしげしげと見つめて眉をひそめる。

「ブラック・ジャックのピノコが入ってたやつよ」

さつきが投げやりに後ろから解説する。

「はあ？」

リツコは怪訝そうにふりむく。

「知らない？　手塚治虫のマンガでさ」

「だからあたしはこう見えてもルーマニアからの移民なんだわ」

「この袋の中に内臓とか人体のパーツが入っていてね、そのコミックではちょうど人間一人分のパーツが入っていてブラック・ジャックっていう名医がそれを繋ぎ合わせて女の子を一人作るんだ――」

耕平が嚢胞をメスで切り開きながら解説する。

「ふーん、まるであんたの話みたいね、三溝耕平」

リツコは耕平の額の傷跡を指先で撫でながら答える。

そう言われてみればそうだ、とさつきは思った。耕平をひとりの人間として繋ぎ合わせたのは一体どこのブラック・ジャックなのだろう？

「こりゃ、おどろいた」

耕平が声をあげる。

「ほら……肝臓が丸ごと二つ……きれいなもんだ」

「確かに新鮮そうだけれど、どうしろっていうの？食べろとでも」

リツコが鼻をつまんで言う。

「いや……移植にだって使えそうだ」

耕平は呟く。

「ねえ、さつき、どう思う」

リツコの反応が不満な耕平は今度は同業者としてはさつきになんとしても同意を求めたいらしく肝臓の入ったトレイを差し出す。

全く一日に二度もこんな目にあうなんて何てあたしはついてないんだろう、と思わず顔を背けると、飯田あかねと目が合った。すると、つん、といきなりそっぽを向かれた。

あ、そういうこと、とさつきは思い、仕方なくトレイを受けとる。

確かにまるで生体から取り出したみたいに完璧な肝臓だ。右葉も左葉も充分発達していて胆嚢まである。大きさからいけば十歳前後の子供のそれだが耕平が言うように本当に移植したらちゃんと動きだしそうだった。

だがいくら奇形腫とはいえこれは出来過ぎではないか。

さつきは眼鏡をかけ直して見たくもない肝臓を思わず見つめてしまう。

すると、突然何者かの手が伸びてきてトレイを引ったくった。その勢いで肝臓がトレイから滑りおちて床にたたきつけられた。

手術台にいたはずの男が起き上がって床の上にトレイを抱え込むようにうずくまっている。

リツコがあわてて男にかけよる。

「ちょっとあんたいくら心霊手術だからってそんなにすぐ立ち上がっちゃ……」

リツコが肩を貸そうとすると男は今度はいきなり大声で耕平に向かってまくしたてる。

「なんと言っているか、わかるか？」

耕平はリツコに聞く。

「うーん……」

リツコは男の言葉に耳をかたむける。

「だいたいだけどさ……」

「だいたいでいい」

「どうやらそれを取り出しちゃったことを怒ってるみたい……どうしてくれる、せっかくの仕事なのに……って」

「仕事？」

困ったように尋ねる耕平にさつきは「多分、それまたうちの病院がからんでると思う」と言って大学病院の診察カードを示した。

「そいつの上着のポケットにあったんだ……」

さつきはカードをひらひらさせながら別に彼女のせいではないのに何だかばつが悪そうに三溝耕平に

言った。

「アルバイトぉ？　何それ？」

声を張り上げるさつきにアナスタシアはしれっとした顔で答える。

「そうよ、知らなかった？　アルバイトだよ、移民たちの」

「知らなかったんだ、さつきったら。バカめーっ」

アナスタシアの左手に棲みつくキャスパーがアナスタシアに追随する。人の顔をしたこの火傷痕は〝死体だけがお友達〟のアナスタシアの今のところ唯一の親友だ。さつきはできることなら二人めの親友になりたいと日頃から願っているが、今のところそうなれたかどうか自信はない。

「うるさいわね、キャスパー」

それでもさつきはキャスパーをちゃんと〝居るもの〟として扱う。多分、腹話術のような原理でアナスタシアが声を出しているのだろうけれど、けっこう小生意気なキャラクターにさつきは真剣に腹を立てたりする。キャスパーに対しむきになったりするところがあるいはアナスタシアがさつきにかろうじて心を許している理由かもしれない。

「やっぱりね。移植用の臓器は不足しがちだしな」

さつきと一緒にアナスタシアのお城である死体安置室に無断で入り込んできた耕平は死体のシーツを一つずつめくりながら呟いた。

「おまえ誰だ」

侵入者にキャスパーが食ってかかる。

アナスタシアは耕平に気づかぬふりをしている。

「あ……あの、ごめん……この人……三溝耕平っていって……」

アナスタシアの気分を害したことを心配したさつきがあわてて耕平を紹介する。

「知っている」

キャスパーではなく、アナスタシアの声が答える。

「え？」

　意外な反応にさつきは思わずアナスタシアの顔を見た。だが、アナスタシアはさつきではなく耕平を見つめている。

「あなたね、噂の生きている死体って……」

　アナスタシアはうっとりとした表情で耕平を目で愛でる。そして次に両手で抱くように耕平の首筋の傷跡を愛撫する。死体としか心を通わせることができないアナスタシアにとって耕平はタイプだったというわけだ。今にも抱きついて耕平の口唇さえも奪いかねない情熱的な気配をさすがの耕平も察したのかたじろいで後ずさりする。

　いい気味だ、とさつきは思った。何故かあかねに感じたようなジェラシーを感じなかった。それは耕平のしぐさがあまりにも滑稽だったからだが、同時にアナスタシアは耕平のタイプじゃない、と冷静に感じとっている自分がいるからだ。

　耕平はちょっとロリータ趣味のところがあってだから年齢より十歳は若く見られるさつきがタイプだった。そしてそんなふうに考えてあたしっていやなコだな、とさつきはちょっとだけ思った。

　それでもとうとう耕平が壁際まで追いつめられたのでそろそろ助け舟を出そうかな、とさつきが思った時にさすがにキャスパーの方が見かねて二人の間に割って入った。といってもはたから見ると彼女は自分の左手の掌を自分の顔に向けている、という状態なのだが。

「いいかげんにしな、アナスタシア、こいつはさつきの男だぜ」

　キャスパーがそう言うと、

「あらそうなの？」

　アナスタシアは途端に覚めた顔になった。そして、

「聖バシレイオス大法医学教室助手のアナスタシアです」

　とキャスパーのいる左手をおろして後ろにやると

入れ替わりに事務的に右手を差しだす。

「あ、いや、三溝心霊外科の三溝耕平です」

突然のアナスタシアの豹変に耕平も困惑して頭をかきながら応じる。

「どうなってるの？」

さつきはアナスタシアの背後に回り左手のキャスパーについ尋ねてしまう。

「好みじゃないんだ、彼女。生身の女を好きになるような悪趣味な男は」

キャスパーは答える。

「あ……そ……悪かったわね、生身の女で」

「ぼくは好みだぜ、さつきのコト」

「人面疽(じんめんそ)にくどかれたくないわ」

キャスパーの人格は人間でいったら十二歳ぐらいの男の子といったところか。さつきは妙にこのアナスタシアの空想のお友達と馬が合ってしまう。精神年齢が同じだからということに彼女は気づいていないが。

「おとり込み中のところ悪いけれどお二人さん……」

アナスタシアから解放された耕平が背後から声をかける。さつきはむっときて立ちあがる。

まるで遊んでいたみたいな言われ方じゃない、とさつきは思って口を尖らせる。

「なによ……」

「奇形腫の件で一つ気になることがあってね」

「病院を告発しようと思っても無駄ですわ。アメリカでは無脳症の赤ん坊を臓器移植用に活用してるし、自分のクローンをあらかじめ用意しておいて将来の生体移植に備えるなんていうプロジェクトだって検討されているわ。拒絶反応も起きないしね」

アナスタシアはおぞましくさえある最先端医療の現状をさらりと口にする。

「いや、一つだけ確かめたいことがあって、ちょっとお願いに来たんだ。昼間さつきが手術した奇形腫の嚢胞が残っていないかな、と思ってね」

「あるけど……」

意外にもあっさりとアナスタシアは答えて、部屋に備えつけの冷蔵庫を開いた。そしてビニールパックをされた臓器の日付を一つずつ確認していく。

「なんでそんなのとってあるの？　そーゆーのってたしか産業廃棄物として処理しなきゃいけないんじゃなかった？」

「売るのよ」

アナスタシアはビニールパックの一つをとり出して耕平に差し出しながらさつきに教えてくれた。

「うっそー」

「化粧品会社とかに胎盤とかと一緒に。病院でとれるものは一切無駄にするなっていうのがうちの病院のポリシーよ」

「今時、見上げた経営者じゃないか」

耕平は器用にトレイの上でパックから取り出した嚢胞を開き、何やら組織片をピンセットで採取して「もらっていっていいかい？」とアナスタシアにいった。

「どうぞ。細胞の二つや三つ、御自由に」

既に耕平に関心を失くしたアナスタシアはこちらに背を向けたまま彼女の愛すべき死体の解剖に没頭しながら、クールに答えた。

顕微鏡の中には受精卵らしきものがあった。受精後二週間程度の子宮に着床した直後の「胚子（はいし）」といった印象だ。だが一つだけ決定的に違うのは胚の中に子供が膝を抱えて座っている点だ。人というよりは小人と言った方がいいかもしれない。火星人のような頭でっかちの、けれどもちゃんと人の形をしている。胚が胎児の形になるのは受精後三十日のことだ。それでもまだそれは人というよりは魚に近い。だから常識ではこんなものが胚の中にあってはならないのだ。

「えーと、これは何なのかな？」

さつきは困り果てて顕微鏡から顔を上げて耕平を

見上げた。

　アナスタシアのお城を退散した二人は耕平の診療室に戻り、先ほど採取した組織片を顕微鏡で覗き込んでいる。もう深夜の三時をとうに回っていた。いったいあたしは何やってるんだろう、とさつきは思い、耕平の横顔を見つめる。耕平が帰って来て以来まるで長い夢を見続けているように不思議な事件にさつきは次々と巻き込まれる。夢からさめない、なんて言うと乙女ちっくでいいけれど、これは単なる悪夢だから仕末が悪い。

「こっちはさっき手術した男の嚢胞の中から取り出した胚だ」

　耕平はさつきの心の内など気にするそぶりもなく別の組織片を顕微鏡にセットする。仕方なく眼鏡越しにレンズを覗く。やはり、胚の中にちょこんと小人が座っている。身体の表面には青い血管らしきものが見える。

「生きてるの？」

「多分」

「これも奇形腫の一つなわけ……？」

　さつきはとりあえず目の前の光景を彼女の知っている医学の常識につなぎとめようとした。もっともそれが無駄な作業であることはとうにこの目の前の男の存在で思い知らされていた。

「稀(まれ)に胎児の形の奇形腫はあるけれどこれは違う。魔術だからね」

　耕平はあっさりとさつきの医学という常識の依(よ)り所を否定する。

「じゃあ、なによ」

「ハルトゼーカーの小人だよ」

　三溝耕平は歌うように答えた。

「はあ？」

　その余りに非常識な答えにさつきは一瞬目眩(めまい)がした。

　ハルトゼーカーの小人。

　医学生であれば医学史の講義でその名前ぐらいは

耳にしたことがある。

十六世紀末から十七世紀初めにかけて顕微鏡が発明されると科学者たちはこの未知の道具に夢中になった。オランダのレーベンフックはレンズの向こうに目には見えない生き物を発見し、イギリスのフックはコルクの切片がいくつもの小さな「部屋」にわかれているのを見つけた。それぞれ「微生物」と「細胞」の発見である。こういった、当時、顕微鏡学者と呼ばれた生物学者の一人がハルトゼーカーである。彼は困ったことに精子の中に人間の素となる小人がいるのを発見してしまったのである。

同じ時期にまるで競うように同じように何人もの顕微鏡学者たちが精子や卵子の中に「小人」がいるのを発見してしまった。彼らは目に見えないもののみならず存在しないものまでも顕微鏡で「見て」しまったのである。

「ほら、同じだろう?」

耕平はていねいなことに医学史の教科書に載っている小人の絵を差し出し、さつきに見せる。小人が座っているのが精子の中と胚の中という違いこそあれ、確かにそれは実によく似ていた。

「発生学の知識のない時代には精子や卵子の中に小人がいてそれがそのまま大きくなって人間になる、って考えるのはわからなくないけれど……今はもう二十一世紀だよ」

「だけれどもこの街は世紀末を越えられなかった」

「はいはい」

さつきは三溝耕平の近頃の口癖を軽く聞き流す。この街は未だに旧い千年紀(ミレニアム)の中にあって、だからどんなおかしなことが起きても不思議ではない、というのが三溝耕平の持論だ。確かに耕平のような人間に言われると少しは説得力はある。

「でもどうしてそんな小人ちゃんが奇形腫の中でお眠(ね)むしてるのさ」

「移植された臓器の中にも同じ胚がくっついていたら、どうなる。移植された人間の身体の中を移動して例えば脳に着床したら」

「ドクター・ザグー!?」

さつきの脳裏に三週間前のあのおぞましい光景がフラッシュバックする。頭頂骨を突き破って現れた胎児にも似た小人。半身を大脳に埋めて両手の指でピアノを弾くように脳を刺激してドクター・ザグーと理事を操っていたあの小人に顕微鏡の中の小人はそっくりだ。

「……あれは夢じゃなかったんだ」

どんなふうに処理したのか事件どころかドクター・ザグーさえいなかったことになっているので、さつきはあの件は悪夢だったと近頃では信じかけていた。いや、そう考えることでやり過ごそうとしていた。

それなのにまた、さつきの常識がさらさらと砂の城のように崩れていく。でも、それは悪い気分じゃないかも、と心の底で感じている自分がちょっと不思議だった。


「それなら、あいつらは一体、何者なのかしら」

「移民だよ」

三溝耕平はまたもや無邪気に答えるのだった。


その日は結局、部屋には帰らず、病院に戻って留学生に紛(まぎ)れてオンコール・ルームで仮眠をとった。今日は日曜日で休診日で、さつきは二ヵ月ぶりの休日だったけれど一緒に暮らす男にはそのことは伝えていなかった。ハルトゼーカーの小人について知りたければ今日の朝九時に代々木公園の難民キャンプの入り口までおいで、と三溝耕平は言ったのだ。

朝の六時だった。

夜が明けかけた時、泊まっていけば、と言われるかと期待したのにさっさと追い立てられてけっこう傷ついた。

それでも八時には起きてスタッフ・ステーションのトイレで夜勤明けのナースたちを押しのけてしっかりお化粧までした。

「さつきセンセー、デートですか」と年下の看護婦たちにからかわれながら三十分、洗面台を占拠した。こういうずうずうしいところってちょっとおばさん化しているかな、とさつきは一瞬思ったけれど、それでもいつもの三倍時間をかけて可愛くなった。

けれどもとっておきのティファニーの香水は難民キャンプ周辺の異臭の中では何の意味もなかった。異臭、というのは決して差別的な意味で言うのではない。文字通り、異なる臭い、である。異なる文化圏の異なる生活習慣から成る臭いがキャンプの中に隔離されている。千年紀（ミレニアム）の到来とともに世界中で民族紛争が多発し、日本に難民たちが押し寄せてきたけれど単一民族国家という幻想を守りたいこの国の人々はそれを何とかくいとめようと必死だ。けれどゲットーの向う側から漏れてくる異文化の臭いはもはや本当はそれが困難であることを告げている。

国際世論に押されて一定数の受け入れと定住を認めたものの、キャンプでの日本人としての教育が義務づけられた。日本名を与えられ、君が代を覚えて「国民」化できた者だけが人権が大幅に制限された定住権が与えられる。「国民」化できない者は国際社会の目があって追い返すこともできないので、このキャンプ内に「定住」する。かつて代々木公園と呼ばれたこのキャンプは一つの街ほどの広さがあって現在では一万人近い難民が暮らしている。

耕平とさつきは前世紀には歩行者天国が行われて路上ライブやパフォーマンスが繰り広げられていた公園沿いの通りを柵にそって歩く。金網の張りめぐらされた柵からはいくつもの手がつき出ている。

その手には銀細工のアクセサリーだの、ロシア正教のイコンのまがい物だの、何の肉かは定かではないシシカバブだのが握られていて、つまり彼らはここで商いをしているのだ。日曜の昼間なので節度のある品々が売られているが、このバザールで手に入らないものはない、というのがもっぱらの噂だ。銃からドラッグまでたいていのものが金網越しに手に入る。

ちょうど柵が途切れた角のところに黄色いレインコートを着てフードをすっぽり被った女が立っている。肩からは金のチェーンのばかでかいシャネルのバッグを下げて女は左半身をこちらに向け横向きで立っている。アフリカ系の女性だ。下半身にはジプシーのように幾重にもペチコートを重ね着している。

耕平の顔をちらりと見ると女は金網の透き間からいきなり黒い左手を差し出した。

指先にいくつも銀細工の指輪をつけている。

「だめだ、情報が先だ。ハルトゼーカーの小人を持ち込んだ奴を知りたい」

耕平は女の手をぴしゃりとたたく。女は不満そうに口をとがらせる。

そして彼女は横をむいたまま一人で何やらぶつぶつと会話を始めた。一人は多分、彼女自身の声でもう一人は低くうなるような男の声。

多重人格者って訳ね、とさつきは寛大にも思った。それくらいは普通に思えてしまう自分の現在の交友関係が悲しかったが、多重人格ならとりあえず医学の常識で理解できる。

「彼女たち」の話しあいは長引きそうな気配であんまり退屈なので少し離れて彼女に背を向け金網にもたれてばかみたいに晴れやかな日曜日の青い空を見ていると、不意に「彼女たち」の会話が途切れた。

ようやく決着がついたらしい。さつきがふりかえると今度はさっきと反対を向いた男が耕平にメモを渡している。

泥鰌のような髪のちょっと好色そうなおやじだ。

男の横顔を見て、あれ、っとさつきは思った。

一人じゃなくて本当に二人いたんだ。

耕平がおいでおいでをするのでいそいそと駆けよっていくと、

「悪い、情報料をあげてくれ、一万円でいい」

といきなり言われた。

「何であたしが……」

「開業すると何かと物入りで手持ちがない」

耕平は片手で拝むようにさつきに言う。あんな趣味の悪いネオンサインをつけるからよ、と心の中で思ったが今さら何かを言うのも空しかった。第一金のない男にたかられるのには慣れ切っていた。

「はいはい、あたしの周りの男はそんなのばっかり」

と、プラダの財布を開けてさつきは彼女の一日分の研修医としての日当よりもはるかに高い紙幣を取り出して、改めてじっくりと男の顔を見た。

そして悲鳴を飲み込んだ。

それがかろうじて可能だったのはいかなる症状のどんな患者に対してでも表情を変えてはいけない医者としてのぎりぎりの理性が働いたためで、さつきが普通の女の子ならジェットコースターに乗せられたB級アイドルのように思いきり絶叫しているところだった。

「ハヤシ夫妻、だ」

と耕平はさつきに彼らの日本名を告げた。

金網の向こうに立つハヤシ夫妻は向かって右半分が女、左半分が男、だった。昔、ロボットアニメの悪役でこんな奴がいたな、とさつきは思ったら、

「アシュラ男爵みたいでしょ」

とハヤシ夫人に先をこされて言われてしまった。リツコと違ってどうやらジャパニメーションに造詣が深いようだ。とは言え「ええ」とうなずくわけにもいかず「お会いできて光栄です」と右手を差し出すしかなかった。

ところがさつきのそんな仕草に夫妻は一瞬驚いた顔をしてすぐに両手で彼女の手を握りしめ、感激した様子で「私たちお友達になれそうですね」と声を揃えて言った。

祖国の料理をふるまう（むろん金網ごしに、だ）

と引きとめるハヤシ夫妻からようやく解放された二人は山手線に乗って新大久保駅でおりた。

「全く、車ぐらい持ってないの」

さつきが文句を言うと「マイケルは免許を持ってるんだがアンジェラは持ってないんだ」

と、黒い左手と白い右手をさつきの前につき出して言った。

「そうね、無免許運転は良くないわよね」

さつきはそう答えるしかなかった。

大久保一帯は外国人の移民たちが最初に住みついたところで、このあたりが満員になると代々木駅周辺の旧予備校街が新たな居住地となった。アジア系の人たちが圧倒的に多いが、しかし南米や旧ソ連出身者とおぼしき人々が大久保通りを埋め尽くしている。

一つの店舗(てんぽ)を更に一坪ほどに仕切ってまた貸しした店が道路の両側にぎっしりと並んでいる。行ったことはないけれどまるで香港の裏通りのようだ、とさつきは思った。

耕平はまるで自分の庭だと言わんばかりに脇道を通り、かつてのラブホテル街だった路地に入り込む。

「ちょっと変なとこに連れていかないでよ」

さつきは思わず抗議する。

「さつきの期待するような場所はもうこのあたりにはないよ」

けばけばしいネオンサインはそのままで、まるで耕平の診療所と同じだが、かつてのラブホテルは外国人向けのビジネスホテルに商売替えしている。泊まるのは強壮剤から違法コピーのゲームソフトまで、あらゆる種類の商品を扱う中国や東南アジアの業者たちで彼らは商談にこの街を訪れる。

路地を抜けると四方をかつてのラブホテルに囲まれた猫の額ほどの公園がある。

その公園の前には長蛇の列が出来ている。皆、赤ん坊を抱いたり、幼い子供の手を引いた女たちだ。

その列の先には灰色の僧衣を頭から被った尼僧がベンチに腰を下ろしている。尼僧は一心不乱に子供たちの肩に針の先を刺している。

「何をしているかわかるかい？」

「まさか……」

「そのまさかだよ、種痘だよ」

「だって天然痘は絶滅したはずじゃあ。ウィルスだって一九九九年にＷＨＯの勧告で全て廃棄されたんじゃあ……」

「いや……イスラエルが廃棄を拒絶したので各国の研究機関は未だに保持し続けている。細菌は兵器としては有望だからね……。それにＷＨＯの恩恵の届かない場所ではそんなこととは無縁に、絶滅したはずのあらゆる病気が人々を苦しめているのさ」

耕平は尼僧に近づく。

「お久しぶりです、マザー」

耕平は帽子をとり彼女に丁寧に頭を下げた。

マザーと呼ばれた尼僧は耕平の顔を懐かしそうに見上げる。

それから少女がはにかむように目を伏せ尼僧は微笑して「気がついてしまったようね、三溝耕平。あなたが東京に舞い戻っているという噂を聞いて覚悟はしていました」と何故か安堵した口調で言った。

そして「もう少し待って下さる？　あと六十人分、ワクチンがあるの。それが終わったら、あなたに真実を教えてあげるわ」と告げた。さつきは子供たちの行列にいてもたってもいられなくなって「あたし手伝います」と、尼僧に申し出た。遠い国まで観光気分でいかなくたってボランティアなんていくらでもできることをさつきは今日一日で学んだといえる。

マザーの修道院は朽ち果てたモルタル塗りのアパートだった。

「末期のＨＩＶ患者や、夫に虐待された妻や、そんな救われないいろいろな女たちの最後の駆け込み寺のようなものです」とマザーは言ってさつきたちを二階の礼拝堂に案内した。二DKを二部屋分、ぶち抜いた一室の奥にマリア像が安置されている。床にはカーペットさえ敷かれておらず板の間や畳がむき出しのままだ。

「あたし……マザーのこと新聞で見たことあります。新宿のマザー・テレサ……って」

さつきは大きさも形もまちまちの椅子の一つにマザーに勧められるままに座ると感激した面もちで言った。半年ぐらい前、東京版の小さな記事で見た記憶をマザーを手伝っているうちに思い出したのである。

「いいえ、私は名もない元娼婦ですわ」

「そして初めての俺の相手だ」

「？」

あんまりあっさりと耕平が言うので最初は何のことかわからなかった。そしてようやくその意味を悟ると絶句した。

三溝耕平の最初の女。

けれどもそんな生々しさは尼僧姿の彼女から想像できず、悪いと思いながらしげしげと見つめてしまう。

だがマザーは微笑したままだ。いったいいつ耕平とそんなことになったのか根掘り葉掘り聞きたい衝動にかられたがそんなわけにもいかなかった。元娼婦と言っていたけれど、ということは耕平は女を買ったのだろうか。だったら不潔でちょっと嫌だ、とそんな感情が次々と炭酸飲料の泡のようにさつきの頭の中に浮かんでは消える。

けれども例によって耕平はさつきのそんな心の乱れを気にとめることはない。

「あなたが来たのは〝女王〟の居所を捜すためね」

マザーが山羊のミルクたっぷりのチャイを差し出しながら言った。

「女王？」

この上、会話に置いていかれたら最悪だとさつきは考え必死に二人の話に割り込む。

「小人の入った胚を子宮に隠し持って日本に入国した女さ。小人入りの胚を作るにはちょっとした魔術が必要でね、そうやって作った胚を子宮に着床させて持ち込むんだ。日本に無事入国した後で胚を取り出して、性腺か卵巣、男だったら頸部か後腹膜あたりに植えつける。かんたんなものさ、細い針みたいなガラス管に胚を吸いとって植えこみたい場所に種痘のようにこうちくっとね……するとたいていの胚は奇型腫になる」

「それじゃあ、さっきのあれも……」

「いいえ、あれは本物の種痘です。でもワクチンを買うのにも、それから、この国で彼らが生きていくのにもお金がいります」

「でもそれってやっぱり倫理的に……」

「倫理？　小学生の年齢の少女が春を売るのに比べれば彼らにも私たちにもはるかにましな選択です」

マザーはさつきの目を見て毅然と言った。

さつきは沈黙せざるをえない。

いたたまれなくなってカップのチャイに口をつける。

熱い。

自分を罰するようにさつきはそれを喉に流し込む。

「さつきの病院とはそれで利害が一致したんだろう。胚を植えつけるとその大半は奇形腫となり、望む形の臓器を作り出す」

「魔術ですから」

マザーが解説する。

それは言われなくてもわかる、とさつきは思った。

「奇形腫にならなかった胚はそのまま臓器の中に入り込んで眠り続ける。そして、移植され、新しい身体の中でやがて目を覚ます」

「じゃあ十七世紀に顕微鏡学者が見つけたのは？」

「多分、彼らの同類だと思う」

「だからドクター・ザグーの頭の中にも？」

「あっちは厳密に言うとまた別の種族なんだけどね」

「あんまり詳しいことは聞きたくないわ」

さつきはこういう耕平のこみいった話は聞き流すに限る、ととうに心に決めていた。

「耕平」

マザーが改まった口ぶりで耕平の方に向き直ると両手を握った。

ささくれだって爪も割れた小さな手がアンジェラの趣味の悪いマニキュアを塗った右手とのコントラストでよけいみすぼらしく見える。

「耕平、もしもあなたが私とのことを良い思い出の一つに思っていてくれるのなら彼女のことは見逃してあげてちょうだい」

思いつめた表情で懇願した。

「マザー、答えて下さい。あなたが胚を植えつけた人数は一体、何人ですか」

「……百人ほどです」

「そんなに……」

さつきは思わず息を呑む。

「彼らは友好的な民族です。日本が異民族を受け入れてくれない以上、民族の種を絶やさないためにはこういう方法をとるしかなかったのよ。わかってあげてあの人たちのことも。胚から小人が目覚める確率もほんのわずかです」

マザーは必死で彼女の小羊たちを庇う。

「だったらもう充分でしょう……それだけの胚を取り出したのなら今度は〝女王〟の命が危ない……」

「耕平？」

マザーは耕平の思いがけない返事に彼をとまどったように見つめる。

「あなたは彼女を殺すつもりではないの？」

マザーは耕平の真意を質す。

「何故ですか？」

耕平は穏やかな声で答える。

さつきも意外だった。

殺すのはともかく、少なくとも関係者を警察か何かに引き渡し臓器移植の背後にある闇の部分を耕平はあばこうとしているのか、と思っていたのだ。

「テレビドラマの見過ぎですよ、マザー」

耕平はうれしそうに笑った。

「ぼくはFBI捜査官でもゴーストハンターでもない……」

「でも子供の頃のあなたはアメリカのそんなテレビドラマが大好きだったじゃない」

さつきの知らない耕平の話をマザーがする。さつきの胸が思春期の中学生みたいにちくりと痛む。

「でもぼくが一番あこがれたのは『赤ひげ』だったでしょう。覚えていますか」

「そうだったわね」

マザーはまるで息子と昔話をする母親のように微笑する。

「これでも今のぼくは『赤ひげ』のつもりなんですよ。貧しい者たちに奉仕する医者にぼくはなりたい」

知らなかった、とさつきは思った。耕平がそんな気持ちで診療所を開いたことは一言だってさつきは教えてもらえなかった。それがとてもくやしかった。

さつきは二人の間にきのうのキャスパーみたいに割って入りたかったが我慢した。割って入って無視されたら二人の絆を見せつけられた気がしてよけい傷ついてしまうだろうから。

「だったらお願い……彼女を助けてあげて……」

マザーは顔がくっつきそうになるぐらい身を乗り出して耕平に懇願した。

「お願いされるまでもなくぼくは医者です。心霊手術師だけど……」

「あ……あたしも正規の医者です……研修医だけど」

そう言って、さつきは自分たちが何だかとても頼りない二人組に見えるのだろうな、と思った。

けれどマザーは心から感謝するように耕平と、それからちゃんとさつきの方も見て「ありがとう」と言ってくれた。

ちょっといい人かもしれない、とさつきは思った。

そして、

「彼女は身籠っているのです」

と思いがけない真実をマザーは二人に切り出した。

「小人が体内で成長を始めたのですか？」

「いいえ、彼女は日本に来る前に既に身籠っていたのです。そして彼女は自分のお腹の子を助けるためにあの人たちと取り引きをして小人の胚を身体に埋め込んで海を渡りました。そうすれば空爆やゲリラの襲撃の心配がない国に入国できるからです」

「小人の運び屋、ってわけか……でも、ちょっと待って下さい。小人の胚は子宮に着床させるんじゃあ……妊娠していたらそれは不可能だ」

「彼女は胚を後腹膜に着床させ運び込みました……」

「擬似的な子宮外妊娠って訳か……だったら余計、彼女の命が危ない。教えて下さい、彼女の居場所を」

「今、地図を書きます」

マザーはメモをとりに立ち上がった。

さつきはどうしても気になることがあったので耕平を残し彼女の後を追った。

「なぜそうまでして彼女は赤ちゃんを産みたかったのですか」

さつきは子供を産もうとする女の気持ちがどうしても理解できなかった。子供なんか欲しくない、と言った女友達が三十歳に近づくと次々妊娠、出産するのでさつきは何度も問いつめたが「母性本能よ」と総合職でキャリアな女だった彼女たちは口を揃えて言った。

だからつい、聞いてしまったのだ。

けれどもマザーが答えてくれたのはさつきの疑問とは別の答えだった。

「彼女は自分が妊娠したのが天使なんだ、と信じていました」

「天使？」

さつきはちょっと困った顔をした。

「いい話じゃないか」

背後から三溝耕平が言った。

なるほど、天使だったらあたしも産んでもいいかもしれない、とさつきは何故だか思った。

タクシーが踏切と高架線の三角地帯の前で止まった。

「灯台下暗しってとこね」

「タクシー代もいらなかったのにな」

メーターは二千六百四十円を示している。

耕平はズボンのポケットの中身を引っぱり出して一文無しの仕草をする。

「そんなマンガみたいなポーズとらなくったってあたしが払うって……」

「悪いね」と言うと一人でさっさと車を降りてしまう。

料金を払ってタクシーから降りるとアパートの外階段の陰に飯田あかねがしゃがみ込んでいる。

錆びた釘の先で地面に何かを描いている。

羽根のはえた女の子だ。

「君が天使だったのかい？」

「あかねはあかねが天使だと思う」

あかねはミッフィーの目で三溝耕平を見上げて答える。

「まさか……こんな大きな子のはずがないでしょ」

さつきが口を挟むとあかねはさつきをきっと睨んでそそくさと耕平の後ろに隠れた。

「ママに会えるかい？」

けれども耕平の言葉にあかねは素直にうなずい

た。

　そして耕平の手を引いて階段を駆け上がっていった。

　あかねが案内したのは三階の右端の部屋で「飯田」という手書き表札が掛かっていた。

「女王って日本人なの？」

「いいや、戸籍を買ったんだろ。臓器の安全供給を図るためなら、それくらいの投資はさつきの病院はおしまないさ」

「そうよね」

　さつきは納得する。耕平はドアをノックする。返事がない。

「まずいんじゃない」

「まずいな」

　耕平はアンティーク屋に売っていそうな真鍮製のドアノブに手をかけて、何故か一瞬、ためらうような仕草をした。そしてさつきの方をふり返った。

「どうしたの？」

「さつき、悪いけど二階の俺の部屋の薬棚にあるイチョウの葉っぱの絵のついた薬瓶を持ってきてくれないか」

「診察する前に薬を処方するわけ？」

「いいから急いで」

　さつきは仕方なくしっかりと耕平の手を握ったあかねを残して今来た階段を降りていく。

　彼女が再び階段を上がってきた時にはドアは開かれ廊下に異臭が漏れていた。

　さつきが部屋の中をのぞき込むとベッドの上には女が足を大きく開いたままこと切れていた。半身をクッションにもたせかけて、股間のあたりのシーツが血に染まっている。

「間に合わなかったよ」

　耕平は悲しそうに言った。

　さつきは死体に近づき医者らしく検死の真似ごとをする。身体中に奇形腫ができている。胚が身体中を移動して眠りからさめたのだろうか。だが、それは死因では多分ない。

「出産のショックで死んだんだと思う……死後七日ってとこかな……」

そう言ってさつきは耕平の傍らのあかねを改めてしげしげと見つめる。

「まさかあんたが生まれたわけじゃないよ……ね」

けれどもあかねはミッフィーの目で答える。

「あかねが生まれたらママは死んでた」

「嘘でしょ？　あんたどう見ても七つかそこらだよ」

さつきの問いには答えず、

「ママが腐っちゃう前に急いでママのおっぱいを一人で飲んで大きくなった」

と、耕平を見て言う。

さつきはまたもや頭が混乱する。

「確か死んだ赤ん坊に乳をやって育てる幽霊の話が怪談にあったよな」

耕平は平然と言い放つ。

「たとえそんなことがあっても一週間でこんなに赤ちゃんが大きくなるはずないって。この子、嘘ついてるんだよ」

「あかねは嘘はつかない」

ミッフィーの目にかすかに敵意がこもった。

「何でも起きるんだよ。ここは新しい千年紀が避けて通った道だから」

いつもの調子で耕平は言う。

なんだかひどい、とさつきは思った。

耕平の理屈ではなくて、あかねの肩を持ったことにだ。

さつきはむくれた顔になる。あかねはそれを見てちょっとうれしそうな顔をしたのでよけいに腹がたった。あんたが天使じゃなくて悪魔だったたっていうなら納得してやる、とさつきはあかねを睨みつけた。

だが耕平はあかねとさつきのそんな女の戦いには例によって気づかず、死体に近づくと心霊手術の要領で奇形腫に右手の先をそっと当て、患部を切開した。

卵ほどに育った小人入りの胚が出てきた。耕平はベッドの脇のチェストの上に置きっぱなしのスープ皿の上に胚を入れる。顔を近づけるとハルトゼーカーの精密画をそのまま拡大したような姿をしている。

「育ち始めている」

「まだ生きてるの？」

「多分、あの中の何割かはね……」

さつきは死体から小人たちが次々と生まれる姿を想像して思わず身震いした。

「これ、無駄になっちゃったね」

さつきはさっき耕平に言われて取りに戻った小瓶を差し出して言った。

「そうでもないさ」

耕平は緑色の小瓶を受けとると、その蓋を開けた。銀杏（ぎんなん）とレモングラスを混ぜたような強烈な匂いが流れ出てきた。

「どうするつもり？」

「弔（とむら）ってやるのさ」

そう言うと耕平はぶつぶつ何かを唱えながら女王の死体の上に瓶の中身の液体を注いでいった。

「……何なの一体？」

「メルトキア人たちの葬式の作法さ」

「メルトキア？」

「彼女の生まれ故郷だ……マザーが言ってなかったっけ。葬儀の時はこのポプリを死体に撒いてそれから聖詞を唱えるんだ」

「詳しいのね」

「ダイアナが世界の葬式マニアでね」

「ダイアナ？」

「この目の持ち主だよ」

耕平は自分の左の例のブルーの瞳を指さす。

「あっ、そう」

そんな女もいたわけね。

さつきはもはや受け流すしか術はなかった。

「さあ、ママにお別れをしなさい」

耕平に言われてあかねがベッドの脇で両手を組んでひざまずく。こうして見るとやはりいたいけな姿だけにちょっとだけほろりとくる。

「ママ、天国に行けるかな」

そんな可愛いことさえあかねは口にした。

「大丈夫だよ。さあ、残ったポプリをママにかけてあげて」

あかねは言われた通り母親の死体に瓶の中身を全部かける。

ポプリの匂いが部屋中に充満する。

「ねえ……一体この匂い、何なの？」

「鳥が好きな匂いさ……」

「鳥？」

「もっともここには連中しかいないけどね」

耕平がちらりと見た窓にはいつの間にかまるでヒッチコックの映画みたいにカラスの大群が集まっている。

「ママとのお別れは？」

「もう済んだ」

「じゃあ、ママをお空に帰そう」

そう言って耕平は窓に手をかけると一気に押し開いた。

「ちょっと耕平……お空に帰すって……」

さつきが言い終わらないうちに開け放たれた窓からカラスの大群が一斉に室内に飛び込んできた。

そして「鳥の大好きな匂い」がたっぷりまぶされたベッドの上の死体に群がった。

さつきはへなへなと腰を抜かして座り込んでただ呆然とその光景を見つめるしかなかった。

カラスたちは女王の膨張した腹を食い破り、腐りかけた肉をうまそうにほおばっている。

「鳥葬だよ。メルトキア人の伝統的な葬法さ」

耕平がとってつけたように解説する。

「ここは……日本だよ……」

力なくさつきは反論する。

ふと気がつくとあかねが耕平の手をぎゅっと握って母が鳥たちに召されるのを見つめている。

結局、新しい女ってこの子のこと？

さつきはそう思うと疲れがどっと出て急に意識が遠のいた。

気を失う直前、ちらり、と勝ち誇ったようにあかねがさつきを見たけれど、勝手にしろ、と思ってそのまま投げやりな気分でさつきは気を失った。


「それは災難だったわね」

さつきの腹立たし気な顔にまたもやうれしそうに菜々山みどりが笑いころげる。

事件から数日たっていた。カラスたちは女王を骨までたいらげ、残った骨は耕平がアパートの裏庭に埋めた。死体遺棄なんじゃない、とさつきが言うとここは昔、墓地だったんだよ、と耕平は言った。

「小人」たちを使って移民をくわだてようとしているあの人たちとは誰なのかは聞きもらしてしまった。

「せいぜい笑って下さい」

さつきは病院の中庭を菜々山の車椅子をゆっくり押して歩きながら答える。

「それで、三溝耕平はその後どうしているの？」

菜々山が愉快な答えを期待するかのように尋ねる。

「奇形腫の女王から生まれた天使ちゃんと仲良く暮らしていますわ」

さつきはおもしろくもなんともないあの男の近況を菜々山に教える。

噂ではあかねは耕平の部屋に居すわって助手の真似ごとまでしているらしい。

「ブラック・ジャックとピノコってわけね」

菜々山が喜々として言う。

「先生が手塚治虫ファンとは知りませんでした」

さつきはそう言ってハトたちに混じって数羽のカ

ラスが患者の撒いたパン屑をついばむ脇を車椅子を押して通り過ぎていく。

　そのカラスの首に鶉の卵ほどの奇形腫があったとしても獣医ではない福山さつきには多分、どうでもいいことだった。

　それより気になるのはやっぱり三溝耕平の新しい女のことなのである。

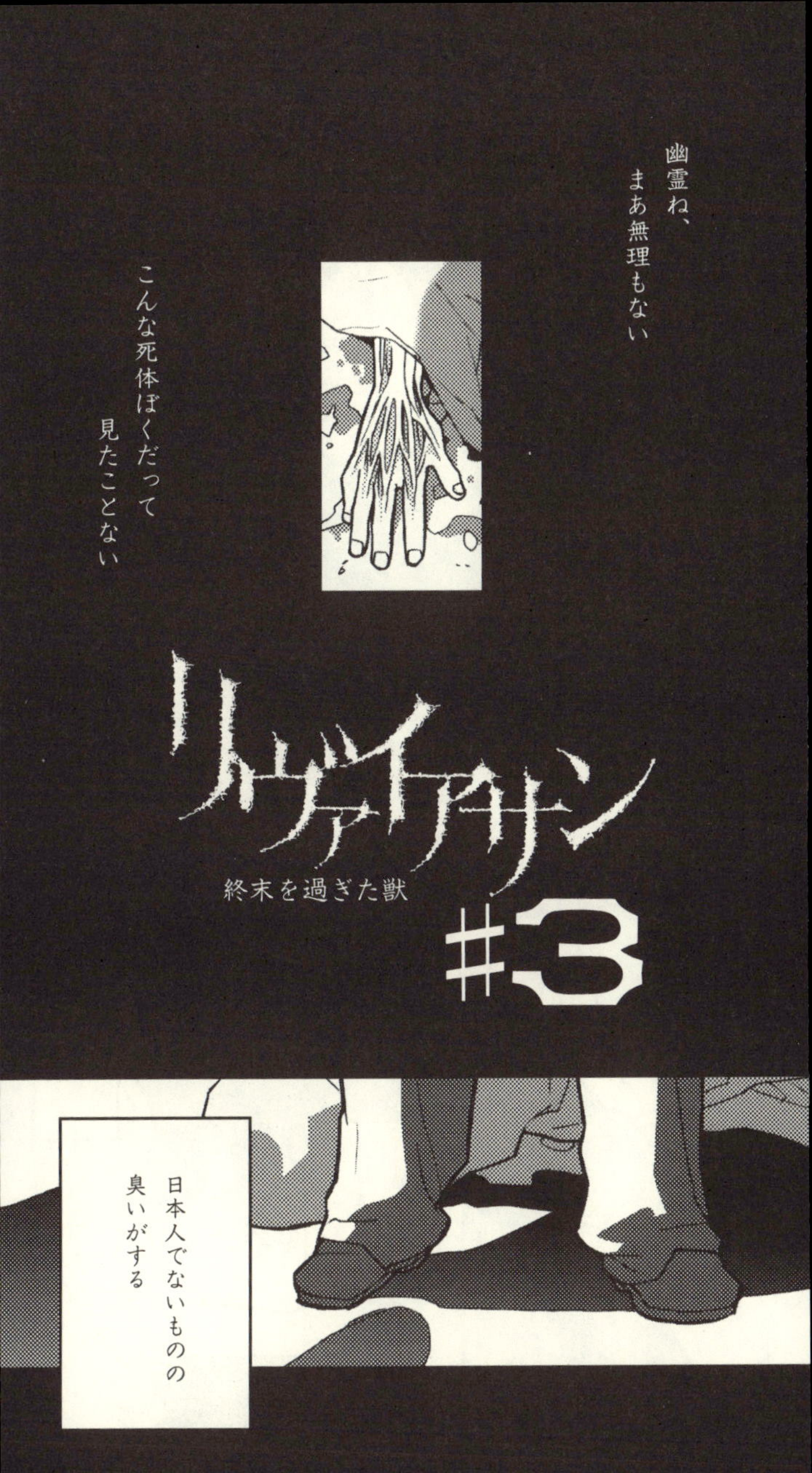
幽霊ね、まあ無理もない
こんな死体ぼくだって見たことない
リヴァイアサン
終末を過ぎた獣
#3
日本人でないものの臭いがする

そういう言い方は
差別だぜ
四つ目の
ダンナ
細胞の中に
発光物質が
検出されたわ
だってさ
耕平はあかねばっかり
かわいがってさ
あんたってそうとう
ストレスたまってんのね

万引きなんて
逃がしてあげればいいのに
御協力感謝する
あんたその手…

——子供の頃に空想のお友達はいなかったかい。頭の中に住んでいて、ちゃんと名前があっていつでも一緒だったお友達は。

ダッフルコートの大男はぼくの奢りのウォッカを一杯ひっかけると深い眼窩の奥で灰色の瞳を光らせて不意に聞いた。大男の身体の大きさにただ圧倒されていたぼくが、いたかもしれないが覚えていないと恐る恐る答えると、男は俺にはいなかったと答えたのでちょっと拍子抜けした。

「その代わり俺には生まれた時からこれがいつも一緒だった。そして年をとった今もまるでライナスの毛布のように俺はこいつを手放せない」

そう言って男は背中からどこか知らない国の軍証

がぶら下がったリュックサックを床におろすと例の割り箸のような棒を一本取り出して大切そうに膝の上に置いた。

その棒は今まで男が見せたものと比べて表面がやや黒ずんでいる。

「これは俺が生まれて始めて語ったお話だ。まだ言葉を三つか四つしか知らなかったが、俺はこの話をちゃんと語ることができた」

ぼくはつい身を乗り出してそいつを覗き込む。

「聞きたいか」

男は突然、両手で掲げるようにして棒をぼくの目の前に差し出した。

黒ずんでいるのは多分男の手垢のせいで、表面の刻み目も擦りへって角がとれている。

「君はずいぶんとこの話が好きなんだね」

ぼくがそう言うと男はうれしそうに微笑して再びいとおしそうに棒をひざの上に戻した。

「そう。俺はこの話を何度も何度も物語った。俺自身のために。何故ならこれはとても悲しい話で俺は悲しい話がとても好きだからだ」

「聞きたいな」

「だったらウォッカをもう一杯」

　ぼくは彼のグラスに透明な液体を注ぐとその代金のコイン一枚をカウンターの上に置く。

　しかしそれを受けとる者はいない。

　人が五人も入ればいっぱいのカウンターで大男はゆうに三人分のスペースを占めているが誰も困ってはいないし文句を言う者もいない。何故なら客はぼくらしかいないからだ。

　ジャンキーの店主は天井裏の一畳ほどのスペースで誰にも看（み）とられず死んで白蠟化（はくろうか）している。みんなそのことを知っているけれど店中のボトルの酒がなくなってしまうまでは放っておけばいい、と誰もが思っている。第一、彼が死んだからといって誰に知らせればいいのだ。戸籍などとうに売っぱらった店主は法律上は既に存在しない人間だ。つまり死さえもが彼に訪れないのだ。

　それに白蠟化した死体は思いの外（ほか）いい香りをしている。

　何かの花に似ている。

　その花の香りの中でぼくは男の物語を聞く。

　指先がそっと棒の上のバーコードにも似た刻み目をなでるとまるで旧式のプレイヤーのように最初はちょっと歪（ひず）んだ声が発せられ、それからややこもった声でゆっくりと物語が彼の口から発せられるのだ。

　天使が三溝耕平（さみぞこうへい）のアパートに住みついて、まるでブラック・ジャックとピノコのような生活を始めたことは前回話した。天使は自分であかねと名乗ったのでそのまま三溝耕平はあかねと呼んだ。福山（ふくやま）さつきはそれはあまりにいいかげんすぎる、と怒ったが猫だって飼っているうちに自分から名前を名乗るじゃないか、と三溝耕平は言ってさつきを煙（けむ）に巻いた。さつきが何度か飼ったことのある猫は一匹だって自分から名前を名乗ったりしてくれなかった。だからというわけではないが耕平がまるで迷い猫を居着かせるようにあかねと暮らし始めたことについてはやはり釈然としなかった。冷静に考えれば死人から人が産まれてたった七日で六歳かそこらに育つはずがない。孤児なのかストリートチルドレンなのか、とにかくしかるべき公的機関が保護して施設なりに送るべきなのだ。それなのに耕平ときたら、とさつきは思う。無論、そう思うさつきの心には明らかに女としての嫉妬の炎がちらちらと燃えていることは確かだ。そのことにさつきは無自覚ではない。だが三溝耕平の帰還を待てずにずるずると別の男とくっついてしまった自分は彼を責められる立場にない。だからこそ正論で武装するしかない。しかしそれさえもさつきは口に出せないでいる。相手が幼女であっても三溝耕平が新しい女と暮らすのは許せなかったがどうしようもなかった。

どうしようもないままにだらしなく日々をやり過ごしていく。耕平とあかねの暮らしぶりは死ぬほど気になったが押しかけて意見するのはみじめだった。そんな事もあってあの日以来、何となく三溝耕平のアパートからは足が遠のいていた。

それでもたった今、重い足取りで三溝耕平のアパートに向かっているのはわけがある。三溝耕平が「結界」と称するところの三本の線路が交叉する三角地帯に建つアパートの手前にある遮断機の前に立ち、さつきは、このまま永遠に踏切が開かなければいいのに、と思っていた。にも拘わらず時間帯によっては十数分も下りっぱなしの遮断機がこの日に限っては通過列車一本で上がってしまった。

遮断機の向こうに住居というより廃墟に近い耐火煉瓦造りのアパートが現れる。バブルの頃はこのアパートだけ時間の流れから取り残されたように見えたのだが、この街が新しい千年紀から取り残された今となっては朽ち果てかけたアパートは奇妙に周囲になじんでいる。

　踏切の錆びたレールを四本越えてさつきはアパートの玄関前の石畳に立つ。その二階には三溝心霊外科という安キャバレーのようなネオンサインに彩られた看板が突き出ている。といっても今は昼間だから電飾の灯りは消えていて余計に間が抜けている。

　やれやれ、とさつきはまるで村上春樹の小説の主人公にでもなった気分で呟きつつ、三溝耕平にあったらまずどんな顔をしようかと百面相のように目許や口許をあれこれと変えて思案しながらアパートの玄関に続く石段を上りかけると、その下にしゃがみ込んで床下を覗いているあかねの姿が目に止まった。

　アパートのコンクリートの土台には通気用の穴が穿たれており、そこには鉄格子が塡められている。あかねがその鉄格子の奥を覗き込んで何やら呟いているのが聞こえる。

「ふふ……くいしんぼうなんだから、もうちょっと待ってて」

　あかねの声が妙に弾んでいるのがわかる。床下に猫か何かが迷い込んだのだろうか、とさつきは勝手に理解する。

　無視して通りすぎようかとも思ったがふと冷静に思い直した。考えてみればあかねはさみしい子なのだ。彼女がピノコのように生まれたかどうかは別として母親と死に別れたのは事実である。さつきはここは一つ年長者としての優しい態度に出てあかねに余裕を見せつけておこうと、ありもしない母性本能をふりしぼって話しかけたのがまずかった。

「なにしてるのかなー、あかねちゃん」

　猫なで声とはまさにこのことと言わんばかりの甘ったるい声でさつきはあかねの傍らに屈み込んで声をかける。

　だが、あかねはいかにも迷惑そうな顔をして冷ややかな目つきでさつきを一瞥するとぷいっと横を向き立ち上がってしまう。考えてみれば小児科研修の時もこうだった。子供と同じ目線まで腰を屈めて優しそうなお姉さんを演じるのだが子供たちは決して心を開いたりはしてくれない。そりゃ確かにあたしは子供嫌いだけどさ、そんな態度に出なくてもいいじゃない、こっちだって一応好意を示したんだからとやりきれない思いだった。さつきはそれでもあかねがさっきまで覗き込んでいた床下の穴の前に自らもしゃがんで上半身を傾けて覗き込んでみるが、床下には何の気配も感じられない。

「なにしてるのかなー、さつきちゃん」

頭上からからかうような三溝耕平の声がした。

いつの間にか耕平が外に出てきており玄関の踊り場の上に立っている。

「コーヘイ」

耕平の姿を見つけたあかねはまるで鞠(まり)がはねるように階段を駆け上がり、彼の後ろに回るとダッフルコートの裾をぎゅっと摑(つか)んだ。そして挑戦的としかいえない目つきでさつきを睨(にら)みつけるのだった。

「はいはい、あんたの大事な人を取ったりはしないわよ、おねーさんにだって男はいるんだから」

そう言い返しながらさつきは幼児相手に女の戦いを挑む自分がちょっと情けないと思った。

耕平にぴたりと寄り添ってあかねは階段をおりてくる。

「で、その後、彼氏は元気かい」

さつきの気持ちなど少しもわかっちゃいない無神経な質問である。

「聞くかな、ふつー」

さつきは口を尖(とが)らせる。しかし聞くのが三溝耕平という男だ。だから仕方なく答える。

「天井裏に誰か住んでる、って言ってきかないの。妄想がちょっとひどいみたい」

手短(てみじか)に今の男の状態を昔の男に告げる。そんな人間関係だけは複雑なやりとりにさつきの胸がちりちりと痛むが三溝耕平が気づくはずもない。さつきの今の男はこのところ妄想が悪化し天井裏にギャングが棲みつき自分を監視しているという妄想に悩まされている。「幻の同居人」と呼ばれる妄想の典型的な類型である。

「それよりもそのお盆の上にあるのはなあに？」

つらい会話からとりあえず逃れるためにさつきは話題を変える。

よく見れば三溝耕平はエプロン姿でトレイを手にしているのだ。

「ミックスピザ」

それは見ればわかる。チーズの焦げた香りが食欲をそそる。

「ぼくのお手製。といっても正確に言うなら作ったのはアンジェラの右手」

耕平はさつきよりはるかに細くてきれいな右手をひらひらさせる。

「ああ、あのイタリア女」

さつきはつい右手に毒づく。

「それで心霊手術の方が流行んないんで宅配ピザにでも商売替えしたってわけ」

悪態をつくさつきをあかねは冷やかに一瞥すると、

「ちょーだい、コーヘイ」

と、トレイに向かって背伸びする。

「落とすなよ」

耕平は軽くかがんで優しくトレイごとあかねに渡す。

「あー、天使ちゃんの朝御飯ってわけね。あたしにはコーヒー一杯淹れてくれなかったくせに」

精一杯の皮肉はしかし透明人間のように三溝耕平を素通りしていく。

あかねはさつきの背後をするりと抜けて小走りに床下の通気口の前に行きしゃがみ込むとトレイを地面の上に一旦、置く。鉄格子に手をかけ手前に引くと四十五度に開く。そしてトレイごとピザを通気口の中に押し込み再び閉じる。ちょうど拘置所の囚人にドアの下の小窓から食料を差し入れるような感じだ。あかねはそのまましばらく床下の様子をうかがい、再びトレイを引き出す。

するとお皿の上のピザはきれいに消えているではないか。

「何？」

さつきは耕平に尋ねる。

「床下のお友達への差し入れらしい」

「それって猫かなにかでしょ？　もったいない」

さつきが思わず呟くと、聞きつけたあかねが近づいてきてさつきの前に立ちはだかり怒ったように抗議する。

「猫じゃない、チュップとチャップだ」

「だそうだ」

耕平はあっさりあかねのフォローに回る。

さつきは耕平の態度にカチンと来たが当然、という顔であかねはさつきを見上げる。全くこのあかねときたらすっかり三溝耕平を手なずけている。だから来たくなかったのに、と思いかけて、ようやく、いやいやながらも三溝耕平のアパートにやってこなくてはならなくなった理由を思い出した。ある男に三溝耕平を連れてくるように頼まれたのだ。男の名と用件を耳打ちすると三溝耕平は「わかった」と言ってエプロンをとり、傍らのあかねの頭を黒く大きな左手の掌(てのひら)でぽんと叩(たた)いた。

さつきの胸がちくりと痛んだ。

それは耕平が女を甘やかす時に決まってする仕草だった。そしてその仕草は千年紀(ミレニアム)が訪れる前はさつきにのみ特権的に許されたものだった。

だが、さつきの心の痛みに無頓着すぎる男はあかねの頭を掌で包んだまま、

「来るかい？　珍しい変死体だってさ」

と優しく尋ねた。

「あかねはいく」

またもや挑発的にさつきを睨みつけながらあかねはぼそりと答える。

好きにしてちょーだい、とさつきは心の中で呟く

しかなかった。

三溝耕平を呼び出した男の名は既開田二（きかいだふたつ）と言った。わざわざさつきが足を運ばなくてはならなかったのは耕平の電話（しかも今時、ダイヤル式の黒電話だ）が料金滞納で止められていたからだ。お金がないわけでもないのに耕平は料金を払い忘れて電話やガスを年中止められていた。そういうルーズさだけは「むこう側」から耕平が帰ってきた後も変わっていない。

事件現場に近づくと頭にポンポンのついた赤い毛糸のスキー帽をかぶった男が五百メートル先の耕平たちを見つけるや「おーい」と手をふった。遊牧民の出であるらしく異常に視力がいいのである。百メートル先の針の穴が見える、とか本人が自慢していたが百メートルの手がなかったらそんな視力は無駄だ、とさつきは思った。

男はトルコ系日本人で難民出身だが帰化して日本国籍を取得している。国籍取得の条件であるPKOに志願して参加、無傷で生還した。日本人として戦争に行き、生き残ることが移民たちに課せられた通過儀礼であり、日本が国際貢献の名の許に送り出されるPKO部隊の半数近くが移民たちであった。既開田は帰国後晴れて日本人となり何故か刑事となった。千年紀（ミレニアム）以前の耕平とさつきを知る数少ない友人でもある。

「おー来た来た」

既開田は耕平たちが近づくのを待ちきれないのか、現場に張りめぐらされた立入禁止の黄色いテープをハードル走のように両足を前後にはね上げてぴょんっと飛びこえると、そのまま三段跳びのように異常に長い歩幅で走りながら耕平たちに近づいてきた。左足と左手、右手と右足が同時に前後するのでどうにもぎくしゃくした走りっぷりだがその理由はやがてわかるので今はふれない。

「日本に戻ってきとるとゆー噂（うわさ）を小耳にはさんどっ

たからさつきちゃんを使いに出した。いやそれにしても懐かしい」

息を切らして耕平に近づく。そして人なつっこい笑顔でひとしきり大袈裟に耕平と握手し、全身をポンポン叩く。

「うん……噂には聞いとったが、こういう身体になっちまったか、いや結構、結構」

既開田は耕平の身に起きたことを知っているらしく何故だか満足そうにうなずく。

「あたしがたまたまアルバイトで当直に行ってた病院が監察医の嘱託を受ける病院でさ、朝方呼び出されて仕方なく検死やりに来てあげたのに、君じゃ話にならん、三溝耕平を呼べ、だもん」

さつきが不服そうに口を尖らせ事情を説明する。

本来、東京二十三区は東京都監察医務院が検死を担当する。しかし前世紀末以降、殺人事件のみならず自殺やホームレスの路上死など検死の対象となる異常死の比率は倍近くにはね上がっており監察医による検死制度はもはや維持できなくなっていた。その結果、監察医制度を設けていない地区と同様に近隣の開業医等に検死を委託するケースが増えた。特に被害者が日本人でない場合、多くの警察官は立件することさえ忌避する傾向にあり、その結果、何かと融通のきく開業医が検死のために呼び出される。さつきはたまたま当直のアルバイト先の病院で運悪く検死に呼び出されてしまった、というわけだ。

「ひどいと思わない」

さつきは耕平に同意を求めるが既開田の方は「これは研修医には荷が重い事件だ」と取り合うつもりはさらさらない様子だ。確かに最後に既開田に会った時にはさつきはまだ医学部の学生だったから頼りないと思われてしまうのはわからなくもない。しかし最初に駆けつけた時から死体に指一本触れさせてくれないどころか死体に被されたシーツさえとって見せてはくれないのはどうにも不可解だ。

「まあ、とにかく見てくれ」

既開田はそう言ってさつきには見せてくれなかった死体を覆っているシーツをおもむろにはぎとった。「……何……これ」

　さつきはその死体に思わず息を呑む。耕平が口許にかすかな微笑を浮かべていることにさつきは気づかない。

　それは今までさつきが見たことがない死体だった。変死体、というのとはわけが違う。少年とおぼしきその死体の肌は透明で皮膚の下の筋肉組織や更には半透明化した胸部の筋肉組織ごしに肋骨や内臓の一部さえも透けて見えるのだ。それはあたかも人体見本のような死体であり透明な皮膚の下で半ば凝固しかけて結晶化した体液が昇り始めの朝日にきらきらと反射していた。まるで夜露を浴びた朝顔か何かのようだった。

「死因は銃で撃たれて失血、というところか。この透明な体液が血液ならの話だけれど」

　死体の前にかがみ込みアスファルトの地面に流れ出た透明の液体を指ですくって人さし指と親指の間を滑らせその感触を確かめながら耕平は言った。次に十五センチの金属スケールを傷口に当て射入口の直径を計る。このあたりは検死のマニュアル通りの手順である。

「侵入痕の大きさから言って射撃距離は十メートル、と言ったところか」

「ああ、その通りだ。その角のところから幽霊を撃ったと名乗り出た男がさきほど出頭した。署で事情を聞いている」

　現場は雑居ビルに挟まれた二メートル幅の裏道で名乗り出たのは自称引きこもりの男だという。引きこもりを肩書きみたいに名乗るのも妙だが引きこもりといっても深夜にパソコンショップに行く時だけは外出できるのだという。銃は護身のために持ちあるいていたという。

「幽霊か……まあ無理もない。こんな死体ぼくだって見たことない」

耕平はそう言いつつもすらすらと死体検案書に必要事項を記入していく。

「そのわりにはあっさりと検案書ができちゃうみたいじゃない」

「少なくとも死因は明快だし、検案書には透明人間かどうかを記入する欄はないもの」

しれっとした態度で耕平は答える。

そのあっさりと出来上がってしまった検案書を既開田に渡しながら三溝耕平は改めて透明な死体を見下ろし、またも困ったようなうれしいような半端な顔をする。

三溝耕平の一部となったイギリス女のダイアナはちょっと死体フェチであったらしくそれが奇妙な死体であればあるほど思わず微笑がこぼれるのだ。それは耕平の意志とは違う意志だ。三溝耕平の方はその不謹慎な表情を必死で抑制しようとする。かくして複雑怪奇な顔となるのだ。

「あんたが初めてってことは外からの連中ではないってことか」

既開田はついこの間日本に戻ってきたばかりの耕平が、昔のようにこの街の事情通のままであるかのような口調で尋ねる。

「そうとも言い切れない。新しい千年紀(ミレニアム)から見放されたこの街には辺境からの移民たちが何百、何千と集まっている。ぼくだってその全てを知っているわけじゃないさ」

耕平もまた昔のように答える。

「だがあんたがこいつの素性を知らんとするとこの街では誰も知らないということになる……せっかく来てもらったのに、困った困った……」

既開田は腕組みをして、ふうとため息をついてごきごきと首を左右に傾けて鳴らす。その動きに応じるかのようにだぶだぶのスキー帽の先の毛糸のポンポンがねこじゃらしのように左右にはねる。

実はあかねはさっきからそれが気になって仕方がなかったのだ。そしてその動きに身体がむずむずするのを抑え切れずとうとうポンポンに飛びついてしまった。

「こ……こら、何をする」

スキー帽が、すぽんと既開田の頭から抜け落ちる。

すると帽子の下にはスケルトンの頭があった。頭蓋骨の上部を構成する頭頂骨に相当する部分がそっくりブルーの半透明なプラスティックに置き換わっており、中の大脳が透けて見える。更に大脳の一部は何やら機械らしきものに置き換わっている。

しげしげと見つめた後で見てはならないものを見てしまった気がしてさつきはあわてて目を逸らそうとしたが、既開田は特別気にする様子はない。さつきと同じようにぽかんと口を開け、iマックのスケルトンのような頭に見とれるあかねの両手から既開田は帽子を奪い返すと、

「頭の中に奇妙な小人が棲みついとって、わしの頭をかち割って逃げよったんだ。大脳を少しばかりやられたが奇跡的に助かったんじゃが、身体が少しぎくしゃくするのはその後遺症じゃよ」

と首をごきごき鳴らして事も無げに言う。

さつきは納得した。どうやら彼はドクター・ザグーと同じ連中に寄生されたらしい。そしてあの出来事がやはり悪い夢ではなく本当にあったことであることを改めて思い知らされる。

「ま、迷惑な話だがそうまでして移住しようとする連中の気持ちはわからんでもない。何しろわしも祖国を追われた帰化人だからな」

既開田は噂ではイスラムの戒律に背いた宗教犯であり、さつきと耕平がまだ恋人だった頃に行きつけだったトルコ料理店のコックだった。その後、彼が何故刑事になってしまったのか、そのあたりの事情は多分、このスケルトンの頭に隠されている。

「さて、どうしたものか」

思案中の既開田が再び死体にシーツを被せ、詳しい検死のために聖バシレイオス病院に運ぶように指

示を出したその時である。不意にトレンチコートの男が現れ担架の前に立ちはだかった。

「日本人でないものの臭いがする」

歌舞伎の見得でも切るかのように大仰に言った男はトレンチコートの下は葬式帰りのような黒のスーツに黒のネクタイ、黒いサングラスをしている。唯一、喪服と異なるのはネクタイに金で刺繍された家紋のみである。

「そういう言い方は差別だぜ」

珍しく三溝耕平が挑発するように一歩前に出る。

「ふん、久しぶりだな三溝耕平」

「入国の時はずいぶん世話になったな。まるで犬の検疫なみの扱いだったぜ」

「当たり前だ。お前は四人も外国人を日本に不法入国させようとしたのだからな」

「不法入国じゃない、パスポートは五人分あった」

「なければ一生入管暮らしだったのに惜しいことをした」

男は耕平と火花を散らしあう。

「あ……あの、こちらの方は……」

余りの緊張感にいたたまれなくなったさつきは思わず二人の間に割って入ってしまう。

男はサングラスの下の目でぎろりと睨むとトレンチコートとお揃いの中折れの帽子をうやうやしくとった。

そして帽子を左手の脇にかかえると右手の指をさつきの前でパチン、と鳴らした。

するとまるで手品のように名刺が現れる。

あかねはきょとんとした顔でその指先を見つめていたが男と視線が合うやあわてて耕平の後ろに逃げ込んだ。

名刺には「東京入国管理局警備課特別分室室長 坂上武」とあった。

「入管の特別分室……」

さつきは名刺の主の顔を改めてしげしげと見つめる。

「ええ、三溝耕平くんのように日本人の純血をあやうくしかねない特殊なケースを担当しています」

　今度は坂上が挑発に出る。

　三溝耕平の表情がまたもや険しくなる。

「まあ、ここはわしの現場だからそう角をつきあわさんでくれ、四ツ目のダンナ」

　あかねから取り上げたスキー帽を被り直しながら既開田が二人を引き離すように言う。

　何故か既開田は思わせぶりに坂上を四ツ目と呼んだ。

「ふん……まあいい。どちらにせよ死体は私の管轄外だ」

「そうだよな、移民たちを死体にするところまでがあんたの担当だものな」

　耕平は皮肉を言わずにはおれないようだ。

「やめておけ、耕平」

　既開田が耕平のダッフルコートの袖を引っぱる。

「別に怒らんよ。その通りだ。私の一族は遠い祖先の時代から外敵を日本から駆除するのが仕事だったからな」

「……って、まさか……坂上さんって坂上田村麻呂の子孫だったりして」

　場を和ませようと思いつきでつまらない冗談をさつきが言うと、

「いかにも」

　と、坂上の真面目くさった答えが返ってきたので面くらった。

　坂上は征夷大将軍坂上田村麻呂の末裔を名乗る家の出である。坂上田村麻呂とは蝦夷と呼ばれた北方民族を〝征伐〟したとされる人物である。無論それは大和朝廷の側から見た一方的な歴史観である。〝討伐〟された側から見ればただの侵略でしかない。ただなるほどそういう由緒だけはありそうな家の出だから身ぶりや話し方がどうにも大袈裟なのだな、とさつきは納得した。

「お嬢さんにも是非お願いしておこう。日本人でない者を見つけたらその名刺の番号にすぐさま電話してくれたまえ。私が駆除に駆けつける。日本人の純血を守るのは国民の義務だからな」

「はあ、義務ですか」

　断言する坂上にさつきは返す言葉が思いつかずただ牛のように彼の言葉を反芻する。

「いかにも」

　そう言い放つと坂上は思いっきり間をためておいておもむろにステップを踏むかの如く、くるりと踵を返すと、コートをひるがえしつかつかと朝日に向かって去っていった。何というかそれは上手から現れた役者が下手に去っていくといった感じであった。

「……何……今の人」

「ああいう男さ。俺とは死ぬ程相性が悪い」

　耕平が両手を広げておどけてみせた。

　確かに外国人に寛容な余り、身体まで外国人を受け入れてしまった耕平とはどう考えても水と油の人物だということはさつきにもわかった。

「そんなわけで、もしこれと同じ連中を見かけたら四ッ目のダンナじゃなくてわしに知らせてほしい」

　既開田はさつきと耕平に言った。

「もちろん……でも何で坂上さんの仇名が四ッ目なの？」

　さつきはふと疑問に思い耕平に尋ねる。

「そのうちわかるさ」

　さらりとかわされる。耕平にとって余り口にしたくない人物のことだろうからと、さつきもそれ以上追及はしない。

「あかね、行くぞ」

　耕平はいつの間にか少し離れて地面にしゃがみ込んでいるあかねに声をかけた。あかねは小走りに戻ってくると耕平のポケットに手をつっ込む。するとあかねの小さな手にキャンディーの包みがいくつも握られて出てくる。

「ドラえもんのポケットね」

さつきは耕平に皮肉っぽく言う。

あかねはつんとした顔で例によってさつきを一瞥するや再び先ほどの場所に戻ってしゃがみ込んだ。

道路際の下水の排水溝を覗き込んでいるらしい。格子状になった蓋（ふた）の隙間（すきま）にあかねは耕平のポケットから取り出したキャンディーを一つ一つ押し込んでいく。

「また地下室のお友達がいたってわけね」

一通り作業を終えて戻ってきたあかねに声をかけるが、当然無視である。それどころかあかねは耕平の手を引いてさつきから耕平を連れ去ってしまう。

さつきは耕平の手をぎゅっと握ったあかねの後ろ姿を見つめながら三溝耕平の許に帰れない自分の男運の悪さをちょっとだけ呪いたくなった。

「ナーナ」

病院の中庭で鳩に餌（えさ）をやっていた菜々山（ななやま）みどりの姿を見つけるとあかねは走りよって車椅子に飛びついた。

ばさばさと鳩が舞い上がる。

「いつの間にあかねちゃんとお知り合いになっていたわけですか、先生」

さつきは少し責めるように言って、菜々山の背後に回り、車椅子を押す。するとあかねはぴょんと菜々山の膝（ひざ）の上に乗る。菜々山は気にする様子もない。

仕方なくさつきは二人の乗った車椅子をゆっくりと押して中庭の噴水の前を進んでいく。

「以前、先生に相談事があったときに連れてきたんだ」

耕平は悪事が母親にばれた子供のような顔をする。別に隠すことでもないのに隠されると何だか不愉快なのは何故だろう、とさつきは思った。

「あかねはついてきた」

「それでどうも先生のことを気に入っちゃったみたいでね」

「あかねはナーナが気に入った」

菜々山の膝の上で耕平の手を握りながらあかねは耕平の台詞にいちいち口を挟む。いやなガキだ、と思う。

「今のお姿は鬼教官と恐れられた菜々山先生とはとうてい思えませんわ」

あかねを膝の上で遊ばせる菜々山にさつきは皮肉っぽく言うが、

「あたしはあなたたち二人が結婚して引退したあたしのところを子供連れで訪ねてくれる日を夢見てたんだよ」

と言い返されてしまう。

「すいませんね、御期待に添えませんで」

菜々山の言葉がさつきの心にはまだ痛い。その痛みが耕平への未練をさつき自身に改めて感じさせてしまう。

「そんなわけで先生、小一時間ほどあかねを預かってくれませんか」

「ちょっと耕平、いくら何でも先生を託児所代わりに……」

「いいの。かまわないわ。いいよね、あかねちゃんはナーナと遊ぼうね」

「あかねはナーナと遊ぶ」

さつきはあの菜々山みどりが自身のことをナーナと言ったことに少なからずショックを受けた。確かにまとわりつくあかねに嬉しそうに目を細める菜々山は孫のお見舞いを喜ぶおばあちゃんにしか見えない。朝鮮半島の有事に従軍してサングラスの下の目が失明状態だとか、彼女が白兵戦のエキスパートであったことなど誰も信じないだろうとさつきは思った。

さつきと耕平はバイバイと手を振る二人を残して例の透明な死体が運び込まれているはずの法医学教室に向かった。

ロビーに戻り、菜々山たちからさつきたちが見えなくなるところまで来るとさつきはふー、とチャーリー・ブラウンのように深いため息をついた。スピーチバルーンの中にＳＩＧＨＴと書いてありそうなぐらい大きなため息だ。

「どうした？　透明な死体がよほどショックだったかい」

「何もかもよ。あなたが帰ってきてからあたしはため息ばかりついているの。菜々山先生はすっかり優しいおばあちゃんになって、あなたは心霊外科とか言い出してみんな自分勝手に変わっていっちゃう。あたしはついていけない」

　思わず愚痴が出て泣きそうになる。

「さつきはさつきのままが一番さ」

「その台詞は千年紀の前に聞きたかったわ」

泣きたいはずなのに何故かクールに答えてしまう。

　耕平は微笑する。

「何がおかしいの」

「昔のさつきならそんなふうには言い返さなかったよな、と思って」

　耕平の言う通りだった。昔のさつきだったらそんな台詞を言われたらうれしくて泣いてしまうか、わけもなく怒り出してしまうかのどちらかだった。近頃のあたしってば妙に覚めている、と思った。

覚めている。

そう。

　まるでみんなが揃って悪い夢を見ている中で、自分だけが夢から覚めている。近頃のさつきはそんな気がする時がたまにある。

　だがさつきはそれ以上、深くは考えないようにしている。これが夢なのか現実なのか、そんなふうに空想して変わりばえのしない日常にちょっとだけ揺らぎを与えたり、軽い目眩を感じて楽しむことを、気がつけばさつきはもうしなくなっていた。

「ねえ、あかねちゃんのことなんだけど」

　エレベーターの中で二人きりになったところで三溝耕平に切り出す。

「あかねがどうかしたか」

エレベーターは地下六階までゆっくりと降下し始める。魂が下に引っぱられ、それにゴム紐でつながれた身体がついていく感じで何度乗っても気持ちの悪いエレベーターだ。

さつきはエレベーターの壁にもたれかかって続ける。

「あの子、やっぱちゃんとしたとこに預けた方がいいよ」

「なんで？」

「さっきのあれ……床下のお友達……に餌やってたじゃない、あかねちゃん。空想のお友達を作って遊んでいるのはちょっと問題あると思う」

エレベーターが地下六階で止まる。二人は核シェルターか冥府のように地上から隔絶されたフロアに足を踏み出す。

さつきがあかねをどこかの施設に預けた方が良い、と考えたのは必ずしも女の嫉妬心からのみではない。幼児が空想上のお友達を作り、それに名前をつけたり話しかけたりする例は珍しくはない。この空想上のお友達は発達心理学の上では移行対象領域といって、幼児が母親しかいない現実から他者がいる現実へとソフトランディングする際の足場のような役割を果たす。移行対象が空想のお友達ではなくお気に入りのぬいぐるみや毛布といった具体的なモノである方が一般的で、ライナスの毛布がこれに当たる。母から分離して他者のいる世界に一人で立たなくてはならない幼児にとってライナスの毛布や空想のお友達は必要不可欠だ。

だがそれがいつまでたっても手放せなかったり、空想のお友達のいる世界に引きこもってしまうのは問題だ。さつきは耕平にそんなことを一気にまくしたてた。

「でも空想とは限らないよ」

「空想に決まってるよ……分離不安の子供が成長しても空想のお友達と離れられないっていう症例はい

くつもあるもの」

耕平ののらりくらりした反論にさつきはつい声を荒らげてしまった。

すると突然、目の前のドアが数センチ開き左手の掌がその隙間から突き出された。

「誰が空想だって？　ぼくの悪口言ってたろさつき」

掌の中央のピースマークみたいな火傷痕が早口でまくしたてた。

さつきは反論する気にさえなれず、ただ「はあ」とあきれたように、ため息のみを返す。

今度はドアが全部開き、アナスタシアが姿を見せる。

「だめよ、キャスパー」

そう言ってアナスタシアは左手のピースマークの顔を右手の人さし指でぱちんとはねて叱りつける。

「いてててて、わかったよアナスタシア」

キャスパーが大袈裟に痛がる。

「わかったら大人しくしていてね」

アナスタシアは法医学教室に所属し、監察医ではないが警察が判断に苦しむ特殊な死体はしばしば彼女の許に運び込まれる。左手に空想のお友達キャスパーを同居させていることを除けばきわめて優秀な検死医だ。

さつきはアナスタシアと耕平を交互に見つめ「あたしの周りはこんなのばっか」とつい小声で呟いた。

するとアナスタシアの左手のキャスパーがこっちを向いて「何か言った？」と聞いた。

「別にぃ」

キャスパーは悪口だけは聞き逃さないのだ。

さて、アナスタシアのお城である解剖室は地下六階の法医学教室の一番奥にある。研究室のドアを開けるとまず更衣室があり、それからお約束のホルマリン漬けの臓器が入った棚がずらりと並ぶ臓器保存室を通ってようやく解剖室に行きつく。

もともと法医学を専攻する学生は一つの大学で十年に一人いればいいと言われるぐらい少数であり、聖バシレイオス大学付属病院もまた例外ではない。法医学教室に所属するのは手塚教授を除くと助手のアナスタシアだけで、教授は殆ど大学にも病院にも姿を見せない謎の人物だ。そのため地下六階の法医学教室はアナスタシアが独占している。寝泊りもこのフロアの仮眠室でとっている様子だ。だからアナスタシアのお城、というのはあながち皮肉ではない。実際、彼女が地上まで上がってきたのをさつきも見たことがない。

更衣室で手術着とマスクを身に着けるとアナスタシアの後ろについて解剖室に入る。

壁には上下二段の死体保存用の冷蔵庫が一面に並ぶ。中にはアナスタシアのお気に入りの死体が保存されているはずだ。そして部屋の中央の解剖台には当面の問題である透明な死体が横たわっている。

「実はこれで透明な死体は三例目なの」

アナスタシアは事も無げに言う。

「前の二つは交通事故と線路をふらふら歩いていて轢死。犯罪性は皆無だけど死体の損傷は著しくて残念だったわでもこれでやっときれいな死体が手に入った」

アナスタシアはiマックのモニターに映し出された死体検案書を確認しながら心底うれしそうである。どうやらコレクションに加える魂胆らしい。

「この死体も幽霊と間違えて撃った、と犯人が自首してきているから、まあ事故みたいなもんだ。どうやらこの透明人間は地上の暮らしには慣れていないようだね」

「地上の暮らしに慣れてない幽霊ねえ……まあ、ユーレイの事情はともかくこんな人体見本みたいな人見たら誰だってユーレイだと思うのは仕方ないけど」

耕平の言わんとするところが今一つわかっていないさつきにアナスタシアは「ちがうの」とぽつりと

言った。

「ちがうって？」

「幽霊に見えたのは透明だからというのが理由じゃないの……だって殺されたのは夜でしょ」

「あ……そうか……」

耕平は一人、納得する。

「何よ、二人だけでわかっちゃって」

さつきはクイズ番組で一人正解のわからないタレントのような気持ちで言った。

「電気を消して」

さつきは言われるままに傍らの蛍光灯のスイッチを全てオフにする。

「……え……？」

さつきは思わず息を呑む。

暗闇の中で死体は青白いラジウムに似た光に包まれているのだ。

「細胞の中に発光物質が検出されたわ」

アナスタシアが説明する。

「これってまるで……」

さつきはそう言いかけたまま言葉が後に続かない。

「そう……深海の生き物みたいだ」

さつきの途切れた言葉に三溝耕平の言葉が相聞歌(そうもんか)のように重なる。

さつきはまた胸がちくりと痛んだ。


三溝耕平はアナスタシアに死体のDNA鑑定を頼むと法医学教室を後にした。さつきは夜勤なのでそのまま大学病院に残り、そしてまた一週間ほどが過ぎた。三溝耕平の許を訪れる新たな口実は見つからず、そして天井裏のギャングたちの妄想に苛(さいな)まれるさつきの今の男はその間に二度ほど警察沙汰を起こしていた。

一度は自ら一一〇番して警察を呼びギャングを逮捕してくれと訴え、もう一度は屋根裏のギャングの根城を襲うと言ってワン・フロア上の住人の部屋に留守中に侵入、畳を上げて床下に穴を開けようとしたところを発見され通報された。

二度とも既開田の配慮で釈放されたもののさつきは男との暮らしにすっかり憔悴していた。

さつきの今の男が訴える「屋根裏部屋に誰かが住んでいる」という妄想は精神医学上は「他人密入症状」という。その用語こそ最近のものだが妄想の形式としてはポピュラーである。同様のモチーフは江戸川乱歩の『屋根裏の散歩者』をはじめミステリーの素材としてもしばしば用いられる。屋根裏、もしくは二階に殺人犯がひそんでいるという恐怖はハリウッドのサイコサスペンスなどではむしろ定番といってもよいぐらいだ。さつきの男はもともとがミステリー作家志望の大学院生で高名な探偵小説作家の名を冠したとある賞に何度も応募を重ねているうちに禁治産者になってしまったというありがちといえばありがちな過去を持つ。その妄想を正常に創作の方に回せば小説の一つもものになるかもしれないが事はそう単純ではなかった。

男を家に連れ戻し二日間は昏睡状態になる強い抗鬱剤を無理矢理飲ませ、ベッドに押し込んだ。男は以前から天井の染みを恐がっており、それがついには天井裏のギャングの妄想にまで発展するのだが男がギャングだと言った染みはしかし、さつきには女性器に見えた。

それってまるでロールシャッハテストみたい、とさつきは苦笑いしてそのまま既に鼾をかいて熟睡している男の隣に身体をすべり込ませた。

そして男の様子が急変してもいつでも対応ができるように恐る恐る浅い眠りについた。

だが、二時間もしないうちに死ぬほどつらい夢に泣きながら目を覚ますことになる。

さつきが三溝耕平のアパートを訪ねると耕平は何故か成人の女となったあかねと熱烈なベッドシーンの真っ最中なのだ。さつきは二人をベッドから引きずり降ろそうとするがさつきの手足は透明人間のようにするりと耕平とあかねの身体を通り抜けてしまう。ならばと耳許で大声でわめくがしかしさつきの声は全く届かない。

そしてそんなさつきにおかまいなしに目の前で情熱的で濃厚な愛の営みが延々と繰り広げられるのだ。二人に自分の存在さえ気づいてもらえないさつきは何故かその場を立ち去ることもできず無間地獄のように耕平とあかねの粘膜と粘膜のこすれあう音やあかねの性的な喜びの声を聞き続けなくてはならないのだ。

きっとこれは何かの罰に違いない。

深い絶望の果てにさつきがそう思い至ったところで夢から覚めた。

そして触れてみなくても股間がかすかに濡れていることがすぐにわかり一人で赤面した。

悪夢ではなく性夢。

あたしって欲求不満なのかな、とベッドで眠る今の男を見た。今の男にさつきはただ人形のように抱かれるのみでまるで贖罪のように男に身体を開いてきた。それでも性的な不満を自分は感じたりしない、とすっかり信じ込んでいたのにあかねの出現が明らかにさつきの中の女に火をつけてしまった。

それがどうにもみじめだった。


「どうすりゃいいのよ、もう」

「そりゃ簡単よ、三溝耕平のアパートに行って股ぐら開きゃいいじゃん、コートの下、素っ裸かなんかでドアをノックしてさ」

「やめて。今のあたしにはそういう冗談は通じないの。本当にやっちゃいそうで恐い」

さつきはカウンターの上で頭を抱えて唸る。

さつきは今のところ彼女が思いつく唯一のストレス発散法であるリツコへのからみ酒の真っ最中であった。リツコが根城にしている共産党本部前のショットバーに客引き中の彼女を強引に連れ込みひたすらからみまくるのだから迷惑な話だ。

「やりゃいいじゃん。裸の上に大きなリボンでも巻いてプレゼントは、あ・た・しって……」

「耕平の誕生日はもう過ぎちゃったもん」

「じゃあハロウィンでもお彼岸でも憲法記念日でも何でもいいじゃん……」

「断られたら誰が責任とってくれるのよ」

「あたしがとってなぐさめたげるわよ」

「オカマと寝るほど飢えてないもん」

「飢えてるくせに」

リツコの身も蓋もない真実の指摘にさつきはまたもうーと呻いて頭を抱える。そしていきなりカウンターをどんと叩くと、

「あー、もう……こうなったら、決めた」

といきなり大声で叫んだ。

「え？　決心ついたのとうとう」

「うん、だからつきあって」

「そ……そりゃあたしは別にいいけど」

リツコは信じられない、という顔でさつきの顔をしげしげと見た。

リツコは信じられない、という顔でさつきの横顔をしげしげと見つめている。ここは深夜も営業しているＣＭでおなじみのドラッグストアである。さつきは買い物カゴに次々と物を放り込んでいく。リップクリーム、携帯ストラップ、ダイエット食品、入浴剤、のど飴……みるみる買い物カゴに溢れかえる。

「……つきあって……ってドラッグストアでのやけ買いなわけ？」

「そうよ、他に何があるっていうの」

「三溝耕平の寝込みを襲うのかと思って、あたし思わずコーフンしちゃったのに」

「ふん……あんなロリコン男にあたしの成熟したボディはもったいないもん」

「あたしより胸ないくせに……」

真実にむっとするさつきは豊胸クリームをカゴに

放り込む。

「あんたって、そうとうストレスたまってんのね」

呆れたようにリツコは言う。

「だってさ、耕平はあかねばっかりかわいがってさ」

さつきは子供のように口を尖らす。

「幼女に嫉妬するなんてあんたも落ちたものね」

リツコはカゴの中にユンケルを半ダース放り込む。

「あたしこんなのいらない」

「あたしが飲むの。あんたの奢り。あたしゃこれからまだもう二人か三人お客引っぱんなきゃいけないんだからね」

「えー、これ一本八百円だよ……こっちの安いのにしなよ」

さつきはいきなり冷静に価格シールをチェックする。

「高い奴じゃなきゃ精はつかないの」

リツコは屈強なオカマの腕で買い物カゴをさつきの手からひったくるやレジに置いて「お金払ってね」とさつきに言った。

その時である。

「万引きだ」

店の奥で大声がした。

さつきが振り向くとドラッグストアの外にパーカーのフードで顔を覆った少年が走り抜けていった。

さつきは反射的に表に飛び出し少年に飛びつく。

少年のパーカーの内側から地面にファンデーションの瓶が転がり落ちる。

なんで男の子がこんなものを万引きする必要があるのかと一瞬疑問に思ったが、それ以上考えずにさつきは少年の左腕を逆にとると合気道の要領で関節を極め地面になぎ倒した。さつきは考えるより身体が先に動くタイプである。少年は背中から地面に叩きつけられる。

「逃がしてあげればいいのに。君、ついてなかったね、さつきのヒステリーの捌け口にされちゃって」

同情したリツコは手を貸そうとして少年の手を取ろうとする。しかし彼はあわててその手をパーカーのそで口に引っ込めた。

リツコは思わず息を呑んだ。

「あんた……その手……」

少年の手は皮膚も肉もゼリーのように透き通っているのだ。

さつきもそれに気づいてフードの中の少年の顔を覗き込んだ。

案の定、あの死体と同じスケルトンの顔がそこにはあった。

「そっか……ファンデーション塗って透明な肌をごまかそうとしたんだね。でも万引きは良くないよ」

さつきはそう言って歩道の上に落ちたファンデーションを拾って追いついてきた店員に「あたしが代金払うから見逃してあげて」と言った。

「別にいいすよ、ケーサツとか面倒くさいし……」

茶髪にピアスのいかにもかったるそうな店員はあっさり承知した。

その時である。

「くんくん、日本人でないものの臭いがする」

芝居がかった声がどこからともなくした。

闇の中からあの坂上武がさつきたちの前に立ちはだかり、

「御協力、感謝する」

と一方的に告げたのだった。

「ごめん……せっかく見つけたのに坂上さんに連れてかれちゃって……」

さつきは既開田に事情を説明してぺこりと頭を下げた。

「さつきちゃんが謝ることはない……運が悪かったんだ。しかしそれにしても本当にあいつは犬みたいな嗅覚してやがる。征夷大将軍の子孫つーより麻薬犬の生まれ変わりじゃねーのか」

既開田のあまりおもしろくない冗談にさつきは形だけ笑ってみせる。

少年が坂上に連れ去られた後、さつきはあわてて既開田の携帯に連絡を入れた。すると何と三溝耕平のアパートで飲んだくれているとのことだった。少年を坂上に引き渡さざるを得なかったことに何となく責任を感じてしまっていたさつきは結局、三溝耕平が女と暮らす部屋に気の進まない訪問をせざるを得なくなってしまったのだった。

「しかし坂上の手に渡っちまった以上、警察には手の出しようがないな」

既開田は両手で頭を挟み首を左右にごきごきと鳴らしながら嘆いた。

「でも……あの透明人間たちって本当に外国人なのかな……」

「少なくとも彼らには相当する戸籍がない。だから日本人とは証明できない以上釈放されない仕組みさ」

耕平が事情をさつきにもわかるように説明する。

「でも彼らがどこから来たのかわからなかったら？」

「その場合は一生、入管に放り込まれたままだ」

実際、日本に押し寄せる移民たちの中には本国でさえ国籍を持たないものが少なくない。彼らは既に強制送還されるべき母国をも失ってしまっているのだ。建て前上は人道的見地からそういった難民をしぶしぶ受け入れてはいるが島国根性と同義でしかない単一民族国家という幻想を捨てたくないこの国の人々の本音が、坂上のような人物を野放しにするどころか権力の一端を担わせる結果となっている。

「ところであかねちゃんは？」

部屋に入ったときからあの小憎らしいあかねの姿が見えないことがさつきは気になっていた。

「そういえば床下のお友達に夜食を差し入れにいったまま戻ってこないな」

耕平の無頓着な言葉にさつきは何故かむっとす

る。

「こんな夜遅く、一人で表に出して誰かに連れてかれたらどーすんのよ、もう」

何であたしがあの子の心配しなきゃいけないのと思いながらあかねの様子を見に行くつもりでドアを開ける。

するとあかねがビー玉のような瞳にたっぷりと涙をためて立っているではないか。

「どうしたの」と思わずひざまずいて尋ねるが答えない。両手に持ったトレイの上にはピザがきっかり半分だけ残っている。

「ん……お友達はお気に召さなかったかな」

耕平が近づきあかねの顔を覗き込む。

「何よ、表でこんな小さな子を一人で放っといて……一人でさみしかったのよ」

さつきはまるで自分の気持ちを代弁するように耕平にくってかかった。

だがあかねはさつきの傍らをすり抜けて耕平の前に立ってこう言った。

「チャップがつかまった。あかねは助けにいく」

釘抜きで床板の釘が次々と抜かれていく。

「ちょっと……本当に元に戻してくれるんでしょうね」

ピンクのネグリジェ姿のリッコが腕組みしながら床板をはがしている耕平に呆れたように言う。仕事から戻って眠りにつこうとしたところを急襲されて床板をちょっと剝がさせてくれ、と言われて素直に応じる人はあまりいない。

「大丈夫、後でさつきが直してくれるさ」

無責任に耕平が答える。

人一人降りられそうな大きさの穴があっという間に開く。

「あかねは下に降りる」

耕平は微笑してあかねを抱き上げ、そっと床下に降ろす。続いて自分も飛び降りる。

さつきとリツコは穴から床下を覗き込む。すると床下の奥の方で青白い光がうずくまっているのが見える。

あかねはその光を指さして、

「チュップ」

と、その者の名を呼んだ。

空想のお友達は実在したのである。

「ほう……こりゃ驚いた」

既開田が首をぎしぎしと軋ませて左右九十度をゆっくりと見回して声を上げた。

チュップ、とあかねが呼んだ少年に誘導されて耕平たちはアパートの床下の片隅にあった縦穴を降りてきたところだ。リツコだけは、

「遠慮しとくわ、あたしが目を覚ますまでに床板元に戻しといてね」

と言ってベッドにもぐり込んでしまった。

耕平たちが降り立ったのは恐らくは戦前に作られたと思われる地下壕のような場所である。地下道と呼ぶにはやや狭い横穴が奥まで続いている。だが既開田が驚いたのは地下壕の存在に対してではない。

そこには大小いくつものテントが張られ、そして何十人もの人々が暮らしている様子なのだ。光る人は老若男女様々であり、彼らの発光する身体がテントや地下壕の壁を淡い青に照らしていた。「ニューヨークの地下に〝もぐらびと〟と呼ばれるホームレスたちが街を作っているのは聞いたことがあったけど……これは始めてみるな」

三溝耕平が連想した「もぐらびと」と呼ばれるホームレスのコロニーはニューヨークのセントラルパークの地下に実在する。ホームレス同士の抗争で地上に居づらくなった者や強制的に収容された更生施設から脱走した者たちが廃線になった地下鉄に棲みつき地下にもう一つのニューヨークを作っている。地下の送電線から電気を引き、水は同じく地下の水道管を使う。そこには市長を名乗る者さえいるとい

う。だが「光る人」は「もぐらびと」とは事情が違うようだ。

「リーダーはいないのかい」

耕平はチュップに目で語りかける。

耕平は彼らがアイコンタクトでコミュニケーションをすることに既に気がついていた。

「ねえ、それってテレパシーって奴?」

さつきが不思議そうに小声で聞く。

「いや、彼らは意識の自他境界が極めて低いんじゃないかな」

耕平は説明するがさつきにはいまいち呑み込めない。自分の意識と他人の意識の区別がはっきりしないのでなんとなく相手の考えていることが自分の意識に流れ込んできてしまうのだろうと勝手に納得した。

チュップは耕平のコートの肘を引っぱり、一つのテントを指さす。

そしてじっと耕平の目を見る。

「なるほど、長老があそこにいるんだね」

耕平はうなずく。

「なんでわかるわけ?」

さつきは半分怒ったように言う。

「わしもさっぱりわからん」

「まあいいじゃないか、細かいことは」

耕平はそう言ってあかねの手を引いてテントの中に入っていく。

長老、と耕平が言うところの老人は若いチュップと違い、鈍く、しかし穏やかな光を身体から放っていた。当然、耕平と長老の会話はアイコンタクトでなされた。

したがって以下の内容はあくまでも耕平が既開田とさつきにその場で翻訳して語ったものであり真偽のほどは定かではない。

彼ら光る人は遠い昔からこの国にいた一種の漂泊民であるという。日本人の全てが特定の場所に定住するようになったのは実は近代以降のことであり、近代以前にはサンカと呼ばれた人々を始め住居を定めず旅を続けて人生を終える人々が少なからずいた。近代国家としての日本が戸籍制度を採用し、その結果全ての日本国民が本籍地を持つに至った段階でこういった非定住民は存在不可能となる。戸籍によって土地に人を縛りつけるのが言うなれば近代国家の本質なのだ。

だが光る人たちは同じ漂泊民でも地上ではなく地下を旅し続けた。甲賀三郎（こうがさぶろう）伝説で有名な地下王国や昔話の鼠浄土（ねずみじょうど）など地下に地上とは別の国家があるという言い伝えは少なからず日本にも存在する。無論、彼ら光る人はそれら地上の人々が伝える伝説について知る由もない。いやそもそも光る人たちは伝説の意味さえ解（げ）さないだろう。彼らはアイコンタクトで、つまり、目と目で通じ合ってしまうので言葉に相当するものが未発達であった。だから彼らは言葉に固定された歴史というものを持つ必要がない。

ただ互いに理解しあいながら遠い遠い昔から地下を旅し続けてきたのだ。

「でも大昔からこんな地下壕があったわけじゃ……」

「地下には鍾乳洞（しょうにゅうどう）や天然のトンネルが無数にあるさ」

さつきの疑問に耕平があっさり答えを出す。

「しかしどうして今更、地上に出ようとしたんじゃ」

既開田の疑問をアイコンタクトで耕平は長老に伝える。

長老の目が何度か瞬（まばた）きする。

「若い連中は昔から地上の世界にあこがれたもんだ、ってさ」

耕平が長老の言葉を翻訳する。

「そんなものか。なるほど青年は荒野を目指すか……しかし地上はロクな荒野じゃない」

既開田が長老の目を見て言うとまるでうなずくように身体の光が一瞬強くなり、また元に戻った。

「ほう、通じたか」

既開田は嬉しそうに声を上げる。

「それじゃあ行こう」

耕平は立ち上がる。

「どこに？」

「もちろん、あかねのお友達を助けにだよ」


長老たちに案内され耕平たちは廃線となった地下鉄や下水道をいくつも通り抜け、そしてまた別の地下壕に出た。光る人の放つ光に目が慣れてくるとじっくりと地下の風景を観察する余裕も出てきた。

「ふむ、東京の地下にこんなにも地下壕があるとは知らなかった」

既開田は感心したように言う。

「太平洋戦争の時、本土決戦に備えて軍部が密かに掘り進めた地下壕だと思う」

「ふーん、じゃあ日本人は一つ間違えばもぐらびとになってたってわけね」

「かもね」

そう言って耕平は立ち止まって地下壕の天井を見上げた。

そこには地上へと続く縦穴が見える。

「まさかここが入管の地下っていうんじゃないでしょうね」

耕平は壁に塡め込まれた錆びた銅のプレートを指先でこする。

「実はそうなんだ」

「いいかげんなこと言わないで」

「だってちゃんと住所が書いてある」

なるほど、渋谷の古い町名と番地が掠（かす）れた文字で読みとれる。入管の特別分室がある代々木公園あたりに今なら相当する。

「だからって都合良く入管の建物にあの縦穴が続いているわけないでしょ」

「いいや、お役所に使う建物なんて戦前からずっと同じ場所に居座っているものさ」

今度は既開田が断言した。

耕平に肩車されたあかねが頭上の蓋のようなものをぐいと押すと意外にもそれは簡単に開いた。

隙間から流れ込む黴臭いにおいと湿気に思わずさつきは口許をおさえる。

「どうやら入管の床下らしい」

床下、といっても人が屈んで立てる程度の高さはある。

「でも……どうやって表に出るの？」

「あそこから」

耕平は月の光がかすかに差し込む通気口を指さした。

「無理よ。あんな狭いところから耕平や既開田さんが出るのは」

「そう、だからチャップを助けに行くのはさつきとあかねの役目だ」

お尻を引っぱり出すのにちょっとばかり苦しかったが上半身は何の問題もなかった。リツコならさつきの貧乳ぶりをどれほど面白がったことか。置いてきて良かったと心底、思った。続いてあかね。そしてチュップ。二人とも難なく通気口をすり抜けた。

三人が出たのは合同庁舎だった。

コの字形に配置されたいかめしいゴシック様式の装飾からなる三階建ての建造物で、残る一面は高い壁によって阻まれている。

その中には何百ものテントが並んでおり、これが入管に強制収容された者たちの住居であった。

深夜だから皆、寝静まっている。

「って……こんなにテントがあったらどこにいるかわかんないじゃない」

だがチュップとあかねはすたすたと一つのテントに確信あり気な足取りで向かう。

するとまるで中からまるで待ち兼ねたようにあのさつきが捕まえた光る少年が出てきた。

「チャップ！」

あかねが飛びつく。

チュップもそっとチャップに触れる。

「はあ、いいわね、みんな心が通じてて」

再会を喜ぶ三人から一人ぽつねんと取り残されたさつきはいじけたように呟く。

だが喜びも束の間、またもやあの芝居がかった声がどこからともなく聞こえてきたではないか。

「くんくんくん、日本人でないものの臭いがする」

テントの陰からトレンチコートに中折れの帽子の坂上武が絶妙のタイミングで現れる。まるでいつもこの男は舞台の袖で自分の出番を待っているようだとさつきは思った。だがいつもと違うのは右手に特殊警棒を持っていることだ。

「なんだってあんた、そう都合良く光る人がいる場所に次々現れるわけ」

「くっくっくっ、私には見えるのだよ」

芝居がかった甲高い声が一オクターブ分跳ね上がる。

「たとえ一キロ離れていてもどんな人ごみにあっても日本人でないものの姿が私のこの目に見えるのだ」

坂上は中折れの帽子の鍔をつかむとそのまま帽子をぽーんと放った。

帽子の下からオールバックの髪と広い額が現れる。

その額にはやや斜めに深い皺が二本、走っている。

「なによ……視力だったら既開田さんだって元遊牧民族だから五・〇ぐらいあるって言ってたわよ」

坂上の異様な気迫に負けまいとさつきは無意味な反論にでる。

「私が奴らを見るのに使うのはこの目ではない」

坂上はサングラスをはずし胸ポケットに入れ両目を閉じる。

「まさか心の目なんて言わないでしょうね」

「御明察」

坂上がそう芝居の決め台詞の如く叫んだ瞬間、額の二筋の皺がかっと開き、その隙間から目玉が二つぎろりと覗いた。

「よ……四ツ目」

さつきは既開田や耕平が何故、坂上を四ツ目と呼んでいたか、その理由を瞬時に納得した。でもこれって仇名でも何でもなく見たまんまじゃない、とさつきは心の中で耕平たちに文句を言う。

しかし坂上は茫然とするさつきにお構いなくまるで旗本退屈男侍のように、まず右手の人さし指と中指で額の右側の目のわきを軽く叩いて見得を切る。

「右の額に隠されたるは右隠音眼、すなわち外国人の蠢く音と我が日本民族に恐れおののく心が見える」

どうやら口上である。

さつきは妙に圧倒される。

次は当然、左の額の目を左手の指先で示し、そしてまた口上。

「左の額に隠されたるは左隠熱眼、すなわち外国人の発する熱と我が日本民族への憎悪が見える」

「さっきまで外国人の臭いって言ってたじゃないの」

さつきは坂上の増々エスカレートする芝居気たっぷりの口上に軽い目眩さえ感じたが、とりあえずつっこみだけは入れてみた。

坂上は一瞬、むっとして、

「鼻もいいのだ」

とだけ答えた。

え、鼻も二つと思わずしげしげ見つめてしまったがどうやら鼻がもう一つ生えてくることはなさそうなのでさつきは安心した。

しかし、とにかく問題は坂上に自分たちが発見されてしまったことだ。

「見逃して……って言ってもダメだよね」

「無論」

坂上は右手に加えてさらに左手にも特殊警棒を握った。ひゅんと一振りするとそれは三倍ほどの長さになった。

「お嬢さん……ここがどこかわかるかい？」

「……入管でしょ？」

「そう……だからここは日本であって日本でない。あの塀の向こうは日本だが外国であって外国でない。あの塀の向こうは日本だが外国人どもには生きてあの塀を越えさせない」

「だから何よ」

「まだわからないかい？　日本でも外国でもないここには法は存在しないということだ」

坂上は二本の特殊警棒をおもむろに振り上げた。

「つまりここでは私が法だ」

坂上は勝手な論理を口にする。

殴られる。

そう思った瞬間、悲鳴を上げたのは意外にも坂上の方だった。

あかねが坂上の右手にがぶりと嚙みついている。

「もしかして……」

さつきは坂上の背後に思い切って回った。

案の定、坂上はさつきの動きについていけない。

本来の両目は閉じられたままでもっともらしい口上のわりにはどうやら第三、第四の目は外国人は捕捉できても日本人は見えない仕組みらしい。

ってことはあかねはやっぱり日本人？

坂上があかねに警棒を振り下ろそうとしたのでそれ以上考えるのは止めてさつきはパンプスを脱ぐと坂上の後頭部を思いっきり殴打した。

ぐらりと坂上が崩れ落ちる。

「あんたたち逃げなさい」

さつきはチュップとチャップに叫ぶ。

二人は一瞬きょとんとしたがさつきと目線が合うや、こくんとうなずいた。

よかった、アイコンタクトが通じた。

さつきはちょっとだけ感動して目頭がうるうるしかけたが泣いているヒマはない。

「あかねちゃんも逃げるのよ」

坂上に噛みついたままのあかねを引きはがすとあかねの手を取って走り出した。

ぎゅっ、とあかねがさつきの手を握り返した。

その小さな手がとても健気に思えてまたまたさつきは嬉しくて胸がきゅんとなってしまった。そして、あたしって愛に飢えているのかな、と思った。

チュップとチャップがまず床下の通気口に飛び込む。続いてあかねをすべり込ませる。

そして少しだけ安堵して上半身を通気口にくぐらせたところでまたお尻がつかえた。

「ちょっと耕平、引っぱって」

さつきは叫ぶ。

しかし耕平の姿はない。

「うそ？　どこ行っちゃったの？」

心配そうにあかねとチュップとチャップがさつきを見つめる。

さつきのお尻を誰かがジーンズの上からぐいと踏んだ。

「今後侵入する時はお尻を小さくしておくことだ」

坂上の声がした。

こんな屈辱は生まれて初めてだ、とさつきは思った。

「俺は好きなんだけどな、そのちょっと大きめなお尻が」

耕平の声が何故かさつきのお尻の上でした。

「よくよく見たら床下から地上に出る通路がちゃんとあってな。考えてみれば地下壕なんだから当然といえば当然じゃゃな」

既開田が愉快そうに笑う。

「建造物不法侵入に加えて、密入国者の逃亡を手助けした罪は大きいですぞ」

入管の取調室に連れてこられた既開田、さつき、あかね、そして耕平を前にして坂上は不快極まりない、という顔で言う。

チュップとチャップはかろうじて縦穴の中に逃げ込んだようだ。

「まあいい。地下にあいつらが棲みついていることは薄々気づいていた。この際、稟議書を回して本格的に駆除を考えることにする」

何につけても稟議書がいるところがお役所らしい。

「なによ……まるで害虫みたいな言い方じゃない」

「害虫ではないか。この日本の国内に後からやってきて巣くうものを我ら入国管理局は許さない」

「だったら出ていくのは俺たちの方かもしれないぜ」

耕平はそう言うとダッフルコートのポケットから一通の書類を取り出す。

坂上は怪訝そうにそれを摘み目を走らせる。

「DNA鑑定だ？　一体何の意味がある」

「彼らのDNAは我々とは一致しない」

耕平は言う。

「ふん、わざわざ日本人でないことを科学的に証明してくれたというわけか」

坂上は書類を耕平に放り返す。

「そうじゃないんだ。現代人の我々とは一致しないが縄文人の人骨から採取したDNAとは一致した」

耕平の言葉に坂上の顔が見る見る赤くなる。

「ふ……ふざけるな！」

「ふざけてなんかいないさ……黄泉に流されたヒルコ、土蜘蛛やナガスネヒコ……地下世界に住む神様は日本神話に山ほど出てくるがみんな大和朝廷が来る前の先住民じゃなかったっけ」

「私はそんなまやかしは信じぬぞ!!」

坂上が両拳で机を、どんと叩く。

「あいつらが先住民だと……」

今度は両肘で机を肘打ちする。

「笑わせるな。だったら征夷大将軍坂上田村麻呂の末裔たる私が征伐してくれる、それこそが先祖代々の我が一族の仕事だっ」

更に立ち上がって机に左右の正拳突きをくらわす。しかし机はびくともしない。どうやら机が割れないのが気に入らないらしい。

「大和朝廷の時代ならそれも許されたけど先住民は入管の管轄外だろ？　彼らを追放したければ今の天皇にお願いして征夷大将軍にしてもらうんだな」

「……勝手にしろ」

とうとう両手に特殊警棒を握り思いきり机に向けて振り下ろす。

けれども机はわずかにへこんだだけだ。

「全く忌々しい机だ」

坂上は警棒を持った手を震わせるが、それは怒りの余りというよりは手が痺れているだけのようにもさつきには思えた。それでも机に半分ぐらいは怒りを発散できたのか、

「さっさと帰れ、不法侵入の方は大目に見てやる。だが勘違いするな。もしあいつらが不法入国だと証明されたら、ただじゃおかん。入管の名にかけて一網打尽だ」

と坂上は忌々し気に言い捨てた。

「証明すればいいさ、愛国者さん」

耕平は耕平でそれでも尚、坂上を挑発するように言って席を立ったが、坂上はそれ以上は何も言わなかった。


さつきが三溝耕平のアパートを訪ねたのはそれから十日後のことだ。あの日、さつきがマンションに戻ると男は天井裏を見つめてさめざめと泣いていた。ギャングたちがどこかに行ってしまった、と言う。あれほど脅えていたのにいなくなったら今度は泣く、というのも奇妙だが、つまり天井裏のギャングもあなたの空想のお友達だったってわけね、と思うとなんだか男が少しだけ愛しくなった。

三溝耕平のアパートを訪ねたのはリツコが耕平が未だに床板を直してくれないと文句を言ってきたためで、何であたしが、と思いながらもまあいいやと

いう気になって金物屋で釘と金槌（かなづち）まで買い込んであの〃結界〃に向かった。あの日、さつきの手を握り返したあかねに対しさつきは何となく耕平とあかねが暮らすことを許してもいい気になっていた。

開かずの踏切を渡ると耕平とあかねが床下の通気口にしゃがみ込んでいた。

「チュップとチャップは元気？」

さつきはあかねに優しく声をかける。

しかしあかねは返事をしない。

「お友達は地下深くにもぐって行ってしまったみたいだよ」

耕平が立ち上がり代わりに答える。

あかねはあきらめ切れないのか通気口の中をじっと見つめている。

「まあ、その方がいいかもね。でも、あの人たちって本当に先住民の末裔だったわけ？」

さつきは十日前の耕平と坂上のやりとりを思い出しながら聞いた。

「さあね」

「さあね……って、だって遺伝子が……」

耕平はいたずらっぽく微笑する。

「……でまかせなの？　もしかして」

「アナスタシアを説得して死体は彼らに返してしまったし、証拠はないさ」

「じゃあ、あの人たちの正体って本当は何なの？」

さつきは混乱して尋ねる。

「さつきが言ってたろ？　あかねのお友達さ、空想の」

そう言って三溝耕平は福山さつきの頭を世紀末が来る前と同じしぐさでぽんと叩いた。

脳味噌のない死体と
スプーン……か
リヴァイアサン
終末を過ぎた獣
#4
もしかして殺人犯が
食べたのかな？

そう、
彼はこの道の
専門家なんだ
じゃあこれは
全部、
遺伝子の
塩基配列ってわけ？
犯人がいるんです、
意外なね

あなたの
ガールフレンドか
なにか？
容疑者だ
だから
助ける
脳が……
海綿状になってる……
よかった……
あなた日本人ね……

「ねえ、あなたお話を集めているって噂だけど本当？」

　とクシー・キッチンみたいな女の子はぼくに聞いた。クシー・キッチンというのはルイス・キャロルがアリス・リデル以外にも愛した小さな女の子の一人だ。ルイス・キャロルは実にたくさんの小さな女の子を愛した中年男だった。

　彼女は七つかそこらに見えて、雨なんか降っていないのに黄色いレインコートを着て、頭と首にはピンクの長いマフラーをターバンみたいに巻いていた。でも今は多分夏のはずで、けれども季節感と色彩感覚をすっかり無視した彼女のそんな格好は人種と民族、フォークロアとサブカルチャの区別さえと

うに失せたこの街では不思議でも何でもなかったし、それに第一とても良く似合っていた。むしろそのことだけが重要だ。

　その夜、ぼくはいつもの通り代々木駅周辺のリトル・ロシアであの大男を捜していた。駅前の商店街にたった一軒ロシア料理店があったというだけの理由で、ソビエト連邦が崩壊して以降、あっという間にロシアからの移民たちが大量に流入し今ではロシア正教の教会さえある。ロシア人たちは通りに面してある増築を繰り返した奇妙なビルが日本共産党の本部だなんてことには全く関心がなかったし、ロビーにおごそかに並ぶ書物がマルクス全集だということにも気づかなかった。日本語が読めないから、というのがいたってシンプルな理由だ。ところで今まで黙っていた、というか、まあ別に敢えて読者に報告する必要もないと考えていただけの話なのだがぼくの仕事は大学の非常勤の講師で専門はいわゆる都市民俗学というやつだ。いわゆる、と形容しなくて

はならないところに既にぼくの研究領域の胡散臭いところが見てとれると思う。世紀末からこちら側、東京は殆ど人種の坩堝と化しているが、彼ら外国人移住者が東京という都市空間に持ち込んだそれぞれの民族の文化的伝承がいかに混合し変容するのかというのがぼくのとりあえずの研究テーマであった。とりあえずの、とか、あった、とかいうのはつまりそういう学問上のタテマエの研究テーマにはぼくはとうに関心を失っているからであって、それよりもこのところはあの大男が語る不思議な物語に魅せられていたのだ。この街では世紀末にこの国の若者たちの最も有力なサブカルチャーであった都市伝説と様々な移民たちが持ち込んだありとあらゆる民族の昔話や伝説がシェイクされて新たなフォークロアとなって街中に氾濫していた。ここで語られることの殆ど全てが都市伝説でしかないかのようにさえぼくには思えた。その中にあって大男は極めて節度のある語り部だった。彼が一杯のウォッカと引き換えに語ってくれるのは都市伝説というよりは夢と現実の境界が喪失してしまったような不思議な心地好さに満たされた物語で中でもぼくが気に入っていたのは「五人で一人になった男」の話だった。

　五人の男女がある事情で辺境の地に赴き行方不明となり、しかし帰ってきたのは一人だった。けれどもそれは五人のうちの一人が生き残ったのではなく、五人の男女は少しずつ一人の人間になって戻ってきたというのだ。上手く説明しにくいのだが例えば髪の毛と片方の目は一人めの女、左手は二人めの男といったふうにまるでそいつはフランケンシュタインの怪物のようになってそして五人のうち一人の故郷だったこの街に帰還したのだ。ぼくは件の大男からその男の登場する都市伝説をこの一年ほど熱心に仕入れていた。そして今日も必要に迫られて実はこの街にやってきたのである。

　必要に迫られて、というのはその大男から仕入れた話をぼくはこのところホラー小説もどきの文章に書き変えて小銭を稼いでいたからだ。小銭といっても非常勤講師の講師料よりははるかに実入りが良く、そして、案外と好評なのに気を良くしてぼくはすっかりその気になって小説家への転身などということを身の程知らずにも考え始めていたのである。

だが締め切りを前にして大男から聞いた話のストックがないことに気づき、この一週間というもの代々木の街を徘徊しているのだが一向に大男は見つからない。新人の分際であるのに締め切りをとうに過ぎても原稿が上がらないので、編集者からはあからさまに嫌味を言われてしまうし、かといって何もないところから「おはなし」を捻り出せるほどにぼくは才能があるわけでもないのだ。ぼくは焦り、今晩ももう四時間も夜の街を大男を捜し回っているのだが彼は杳として姿を見せない。いつもなら彼が塒としているはずの日本共産党本部の軒下にはずっと姿が見えないし、途行く連中をつかまえて行方を聞いてみたけれどそもそも大抵の奴がそんな大男は見たことがない、と言うのだ。ぼくは少し混乱してきてもしかするとあの大男はぼくの妄想だったのだろうかと泣きたい気分になった時、ぼくのジャケットの袖口を引っ張ってまるでコールガールが客引きをするような口ぶりで、けれども舌足らずの声で話しかけてきたのが彼女だったというわけだ。正直言って最初は本当はそういう趣味の連中向けのストリートガールかと思って身構えてしまったのは確かだ。大抵のものがお金で買えるこの街で彼女みたいな女の子が春を売っていたところで少しも不思議ではないのだ。

けれども彼女は春の代わりにお話を売ってくれる、と言うのだ。

「でもぼくが聞きたいのは一人の男になって戻ってきた五人の男女の話の続きだよ」

ぼくは彼女の顔を覗き込んだ。ママー人形みたいなぱっちりした瞳が物怖じせずにぼくの目を見てにっこり笑った。

「それなら大丈夫。なにしろその話はあたしの一番得意とするところよ」

なんだか英文解釈の翻訳文みたいな言い回しで女の子は言うと肩に掛けていたポシェットから蠟石を取り出した。ぼくはもう二十年ぐらいそんなものを持っている子供なんか見たことがなかったのでちょっと驚いた。そしてノスタルジーを感じた。彼女は地面にしゃがみ込むとアスファルトの上におもむろに女の子の絵を一人描いてそれから羽根をつけ加えた。

「その子は？」

「天使のような女の子」

女の子は言った。

「ひょっとしてそれは君のこと」

蠟石で描かれた女の子は彼女と同じレインコートを着ていたのでぼくはふと聞いてみた。いや、ふと、というより彼女がそう聞いて欲しがっている気がした、という方が正確かもしれない。すると女の子はにっこりと笑って「あなた呑み込みが早いわね」と言うと、次々と地面に今回のお話の登場人物とおぼしき者たちを描いていったのだ。

このお話はそんなふうにして彼女から聞かせてもらった物語である。


最初の事件が起きたのは元は予備校だった安ホテルの一室よ、と彼女は語り始めた。代々木の一帯は昔は予備校が林立していたけれど少子化の影響で大学の志願者が定員を下回った今は経営が成り立たずその殆どが安ホテルかワンルームマンションに模様替えしている。経営者は同じで最初からそうなることを予想して設計してあったという噂だ。その、とあるホテルの一室には制服姿の高校生とおぼしき女の子と、ぼくのような若者と中年の境目の中途半端な年頃のわびしい男がいたという。名前は知らないわ、お話には固有名詞は必要ないってことはあなたも知っているでしょ、と彼女は言った。

彼らはベッドに隣り合って居心地悪そうに座っている。男はその何日かというもの、彼の人生に於いては、という限定つきだけれど実にたくさんの災厄が重なって、具体的には十年と少し勤めていた会社をあっさりと馘になり、そのことを受け入れようにも受け入れられず、時々、耳の奥底に奇妙な電波が届くようになっていた。脳の奥が鉱石ラジオになってしまったような感じで何かの拍子に周波数が合ったりすると突然、北朝鮮のアナウンサーの声が聞こえてきたりする。それが幻聴である、と判断する冷静さはかろうじて男には残っていたがそれが却って恨めしくはあった。いっそそれが神様の声にでも聞こえてくれれば罪なき通行人を思いつきで何人か刺し殺すことも許されるのだが、幻聴は幻聴でしかなく狂うに狂えないいままだ意識を失うための強くて安い酒を求めてこの街に毎晩足を運んでいた。今日も耳鳴りを睡魔がかろうじて凌駕するぐらいにまでアルコール度が75あるどこの国のものともわからない酒を強引に胃袋に流し込んだ男は、そのまま路上で寝てしまおうと酒場の外に出た。そこで男は彼女と運命の出会いをしてしまったのだ。

夜の街を女子高生が漂流するなんて近頃では確かにすっかり珍しくなっていた。そもそも少子化で女子高生の絶対数が減ったのだと天然記念物の朱鷺みたいに誰かが言っていたけれど世紀末を境に彼女たちが街から忽然と姿を消したのは事実だ。けれども男は過ぎ去りし世紀末に援助交際という奴に少しだけ慣れ親しんだ経験のある困った世代であり、夜の街にぽつんといる制服姿の彼女を見つけると殆ど条件反射的に声をかけていたのである。

どうやって交渉が成立したのか記憶が途切れ途切れであったけれど気がつくと男は女の子とホテルの一室にいた。

「……さ……先にシャワー使うね……」

沈黙に耐えきれず男は上ずった猫撫で声で言うと立ち上がる。浴室の扉を少しだけ開けたままにして少女の背中がベッド越しに見えるのを確認して男はシャワーの栓を捻る。耳の奥底では相変わらず北朝鮮のラジオが聞こえてくる。何故かずっと北朝鮮の放送なのである。北朝鮮はとうになくなった、というのに。しかもアナウンサーがおごそかに讃(たた)えているのは金正日ではなくて先代の金日成の方なのだから余計に訳がわからない。

　シャワーからは熱い湯がいきなり噴き出したかと思うと冷水に変わった。だがラジオが聞こえ始めたあたりから熱いとか冷たいとかいうことに男は上手(うま)く反応できなくなっている。

「それにしてもいいのかい？　俺なんかで……」

　男は耳の奥の音をかき消したくて声に出して言ってみる。

「俺、リストラされたばっかであんまり金ないんだけど」

「……いいです、お金、いりませんから」

　少し間をおいてぽつりと少女が言う。

「そっか……お金払わなきゃ法律違反になんないもんな……」

「その代わりお願いが一つあります」

　妙に平板な声で少女は答える。

「何か買って、っていうわけか……いいよ、そんなに高いもんじゃなきゃ……」

　男は少女とかろうじて会話がつながっていることに安堵(あんど)してタオルを腰に巻いてシャワールームから出てくる。

「……君も使えばシャワー」

　少女の背に声をかける。

「別に何か買ってほしいんじゃないんです」

　少女はぽつりと言う。問いに対して答えが返ってくるのに間がありすぎて会話が嚙(か)み合わない。それにさっきより更に声が薄っぺらくなったような気がした。

「いいよ……お金かかんなきゃこっちも助かる……でも何さ……お願いって……」

男は今度は彼女の答えを沈黙して待つ。

「簡単なことです」

少女は不意に立ち上がり、そして男の方を向く。

手には光るものがある。

男がそれが医療用のメスであることを認識するのにたっぷり十秒かかった。

「な……何をするつもりだ」

男はようやく自分が置かれているらしき身の危険を察知し間の抜けたタイミングで言って後ずさる。

だが少女は男に襲いかかるそぶりを全く見せない。じっとメスの刃先を見つめ、そこに映った自分の顔を見てにっこり笑った。

そしておもむろに自分の眉間にメスをぐいと突き刺した。その一連の動作に一切のためらいのないことが、何か尋常でないものがこれから始まることを男に予感させた。

少女は痛みを感じないのか全く無表情のままメスを握った手に更に力を込める。そして眉間を起点にメスをぐるりと一周させる。華奢な彼女の腕からは想像もつかない力が込められているのはメスを握る指が痙攣するように震えていることからもはっきりとわかった。彼女は皮膚や肉だけではなく明らかに骨をも強引に切っているのだ。

きっちりとメスを一周させると力がそこで尽きたのか、球体関節人形のようにだらりと腕が落ちる。

メスが床に転がる。

そして再びまた違う意志に操られるかのように左手が跳ね上がり頭蓋骨をつかむとまるで帽子を脱ぐように頭蓋骨の上部をぱかりとはずしたのだ。

脳がきれいに露出する。

蜘蛛膜で覆われ、脳静脈が表面を走る。表面を走る皺の一つ一つには名前があって医学生ならたちまち上前頭溝とか中心後溝とかその名を言い当てることができるだろうが、ただのサラリーマンである男にはそんな芸当はできない。無論、この状況でそうする必要は全くないけれど。

それよりも男は目の前で起きていることが全く理解できていない。

少女は脳味噌を剝き出したまま男の前を通りすぎサイドテーブルの上のコーヒーカップに添えられたスプーンに手を伸ばす。そしてスプーンを自分の頭に持っていった。まさか、と男はその仕草を見て思った。だが少女がとった行動は男が予想した通りであった。頭蓋骨がついていたら額の髪の生え際あたりに位置する場所にスプーンを突き刺し、脳髄をまるでプリンでも掬うかのように一掬いすると男に向かって差し出したのである。男の正気はそこでショートして焼き切れてしまったはずだ。

彼女は下唇だけを腹話術の人形のように上下させて一切イントネーションを喪失した声で、

「私の脳味噌、食べて下さい」

と言うと、スプーンを放心し口を半開きにした男の口にゆっくりと近づけていったのだ。


そして女の子の話はいきなり場面転換する。そんな不思議な事件があったホテルの向かいにあるロシア正教の教会の階段に、次の日の朝、あの大男が座っていたのだそうだ。ぼくが捜していた例の大男だ。彼女のお話の中にはちゃんと大男が出てくるのでぼくは少しだけ安堵した。その人の名前はガリレオと言うの、と女の子は蠟石の絵を指さしてぼくに教えてくれた。ぼくはそれで大男の名を始めて知った。

ガリレオは二メートルをゆうに超える大男で昔、アンドレ・ザ・ジャイアントと言うプロレスラーがいたけれどちょうどそんな感じの体軀だ。手足が身体の全体のバランスを考えれば大男にしてもけっこう大きい。もっとも髪の毛は別にカーリーヘアーというわけではない。

ガリレオはシステム手帳ほどの大きさに見える書物を開き、鉛筆で何かを熱心に書きつけている。システム手帳ほどの大きさと言っても実際には百科事典ほどの大きさであり、ガリレオの体格との比較からいってそう見えるだけの話だ。

　表紙はまるで中世の聖書のように革で丁寧に装本されている。

　そこに彼は一文字五ミリほどの大きさで一心不乱に何かを書き留めているのだ。その姿はまるで天の啓示を書き留めているシャーマンのようにも見えて近づきがたい厳(おごそ)かささえ感じられる。

　けれども、その厳かさに一人だけ気がつかないバカな女がいてね、とそこで例の女の子はちょっとだけ棘(とげ)のある言い方をぼくにしてみせた後でお話を続けた。

　厳かさを理解しない愚かな女とは福山(ふくやま)さつきのことだという。近くにある大学病院の研修医である。

「ねえ、ガリレオ、誰かあやしい人、見なかった」

　さつきは近づいて来てガリレオの神聖な作業を中断する。ガリレオは首を振る。

「そっか……」

　さつきはガリレオの聖なる仕事の邪魔をしているなどとは全く気づかないまま石段の彼の隣に腰を下ろす。

　ガリレオはあわてて本のページを閉じて、隠すように両手で覆う。

「別に隠さなくたって見たりしないって」

　神聖な言葉に興味のないさつきは両足を放り出して空を見上げて恨めしそうに言う。

「聞いてよ……脳味噌が丸ごとくり抜かれた変死体だよ……これで三人めで、しかもね、あたしはたった今、それを検死してきたばかりなの」

　さつきは近くの病院に週に一度、当直のアルバイトに出ていた。そこは警察の監察医の委託を受けている民間の病院で、そして、さつきの当直の日に限って近所で殺人事件が起きるのだった。男運は悪いが死体運はいい、と研修医仲間から陰口を叩(たた)かれていることをさつきは無論知らない。それは全くの偶然で別にお話の伏線ではない。

その日も当直の時間が終わる午前七時の五分前に検死の依頼が飛び込んできたのである。

「ついてないよー、あたしの人生、何もかも。今日だって生理中だし、しかも男運もずっとよくないし、どうしてだと思う。ねえ、ガリレオったら」

　聖なる職務を中断された上にさつきに見当違いの詰問をされたガリレオは少し困ったような顔をして首を傾け、さつきの顔を観察するようにしばしじっと見つめた。そしておもむろにページを開くとものすごいスピードで鉛筆を走らせ一ページをまるまるびっしりと文字で埋めた。

　ぴたりと指先が止まり天の啓示を書き終えると、太い指で丁寧にそのページを切り取りさつきに気の毒そうな顔で差し出す。

「同情してくれてるってわけ、その顔は」

　さつきはそう言って切り取られたページを受けとる。紙片には意味のない平仮名がびっしりと並んでいる。

「あ、ち、し、ぐ、ぐ、ち、あ、ち……何、これ、男運がよくなるおまじないか何か？」

　さつきは紙片の文字を徹夜明けの脳の内側がきりきりと痛む顔で気怠そうに読み上げる。あ、ち、し、ぐ、の四文字がランダムに無限に反復する。

　すると脇から可愛い手が伸びて、その紙片を奪う。可愛い手、ってちゃんと書いておいてね、と女の子が言うのでその通りに記した。念の為。

「なにすんのよ、あかね」

　意地悪そうなさつきはいたいけなあかねを鬼のような顔で睨む（これも彼女が話した通りそのままだ）。ちなみにあかね、というのはあたしのことよ、このお話の中で一番可愛い女の子、と彼女は蠟石で羽根の生えた女の子に大きな花丸を描き添えた。

　さてあかねは天の啓示を男運を変える呪文ぐらいにしか思わないさつきの手から紙片を奪取すると、何故かそこにいる三溝耕平に手渡した。

ちなみに三溝耕平というのはあなたがお気に入りの「五人で一人の男」で、そしてあたしのオトコなの、と天使の女の子は言った。

三溝耕平はあかねの差し出した紙片をちらりと見る。

「おまじないとはちょっと違うな」

あかねの頭を三溝耕平が撫でたのがさつきには気に入らなくて「じゃあ何よ、宇宙から電波でも飛んできたの」とからむように言う。生理の時のさつきと来たらそれまでより更に三倍は性格が悪くなるの、とはあかねちゃんの弁である。

「それは当たらずといえども遠からずといったところか……」

三溝耕平のもって回った言い方にまたさつきは意味もなくかちんとくる。とにかくこんな時のさつきは目の前にあるものなら「ペプシコーラのペットボトルにだって当たり散らすような女」なのだそうだ。何でペプシのペットボトルなのかは聞きもらしたけれど。

「だいたい、耕平ってば何しに来たのよ」

さつきは耕平に食ってかかるように言う。けれどその声にはしっかりと甘えが混っているのだそうだ。

「おもしろい死体が見つかったって既開田(きかいだ)さんが連絡をくれたんだ」

さつきの剣幕に耕平は押されながら答える。

「それであかねを連れて来たわけ?」

さつきは今や諸悪の根源のようにさえ思えるあかねを睨みつける。

「ああ、一人にしておくわけにもいかないし」

そう言って耕平はまたあかねの頭を撫でる。

それが増々、さつきを不快にさせる。あたしのことを一人にして何年も帰ってきてくれなかったくせに、という言葉が喉(のど)まで出かかっていたのをあかねの手前、さつきは呑み込まなくてはならないのがまた悔しかった。

　仕方なく、

「死体なんか見せてあかねちゃんの教育上、良くないんじゃない」

　と、精一杯の皮肉を言ったがそんな婉曲な言い方が耕平に通じるはずはないことをさつきは誰より知っていた。その上、耕平の後ろに回ったあかねは勝ち誇ったような目でさつきを見るのだ。本妻から夫を奪った若い愛人のような目で。さつきはおかげで生理痛が倍ぐらいに増した気がした。


　三溝耕平は死体が発見されたホテルにあかねちゃんとともに入って行った。

　でもね、あたしは死体は別に恐くないの、だってあたしはママの死体に育てられたのだもの、とあかねちゃんは唐突にぼくにそう言った。そう言われてぼくはああ、と思い当たった。

「君はもしかして、死んだお母さんのおっぱいを飲んでたった七日間で大きくなった女の子？」

　ぼくは以前ガリレオから聞いた話を思い出して彼女に聞いた。

「そうよ、あたしはさつきと違ってなんだって一人で出来るの」

　女の子は聞いてもいないのにさつきと自分を比べて胸を張った。よほどさつきが彼女にとっては天敵らしい。

　そんなわけで殺人現場で脳がすっかりくり抜かれた制服姿の女の子の死体がホテルのベッドの上に転がっていてもあかねちゃんは少しも動じなかったそうだ。

　三溝耕平は死体の前にしゃがみ込んで床に落ちているスプーンをハンカチでくるんで拾う。

「脳味噌のない死体とスプーン……か。もしかして殺人犯が食べたのかな？」

　冗談とも本気ともつかない口調で言う。

「やめてくれる？　そういう非現実的なこと言う

の。そんな悪趣味な事件、あるはずないでしょ。まただうせ頭に小人か何かが巣くっていて、そんで飛び出したに決まってるでしょ」

さつきは怒ったように言う。そしてはたと気づいて、

「本当はそっちの方がよっぽど非現実的なんだけどさあ」

と力なくつけ加える。

三溝耕平が「五人で一人」の男として辺境から帰還してからというもの、さつきの周りには次々と奇怪な事件が起きる。なかでもさつきの指導医だったドクター・ザグーの頭に棲み着いていた小人はその最たるものであった。有り得ないことそれなりに有り得なくはないこととの順位がすっかりぐちゃぐちゃになってしまっている。

「悪かったたな、さつきちゃん、非現実的で」

新宿署の刑事である既開田二が苦笑する。

「ごめんなさい、そういうつもりじゃなかったんだけど……」

既開田は頭の中に知らないうちに小人が棲みつく事件の被害者の一人だった。小人は彼の頭蓋骨を破り、脳髄を四分の一ほど飛び散らかして逃げていったが奇跡的に一命は取り留めたのである。

「なあに、いいさ。それに三溝耕平、あんたにこいつを見てほしかった理由はまさにそれなんだ。さつきちゃんが先に言ってくれたんで話が早い。これはわしの頭に棲み着いていた奴が起こした事件と同じかい……あんたならわかるだろう」

既開田は頭をすっぽり覆っていた毛糸のスキー帽を取ると半透明のプラスティックの人工頭蓋骨の中の脳髄を指さして言う。損傷した脳の一部を補うために電極やCPUとおぼしきチップがいくつも埋め込まれているのがわかる。

「どうだ、やっぱりわしの頭の中に居たのと同じ連中の仕業かい」

既開田は既開田でやはり自分の頭に勝手に棲みつ

いた者たちの正体を知りたいのであり、この奇怪な死体に対して個人的にも拘泥している様子である。

　その時である。

「いいかげんにしなよ、既開田のおっさん」

　現場であるホテルの一室の開けっ放しの扉からいきなり入ってきた男が苛だたし気に既開田の手からスキー帽を奪うと頭にすっぽりと被せる。

「そんな見苦しいもの人様に見せんなよ」

　怒ったように男は言う。

　赤く染めた髪、そしてクラブのＤＪが昔着ていたような上下のジャージの上に黒い革のジャンパーを羽織っている。しかも顔は花粉症患者がするような大きなマスクでおおわれている。とてつもなくちぐはぐな格好だ。

　花粉症マスクの男は三溝耕平とさつきを威嚇するように睨みつけて言う。

「これは誰がどう見たって猟奇殺人、サイコパスの仕業に決まってる。ホテルの防犯カメラに一緒にチェックインして、一人で逃げるように部屋から飛び出していく中年の男が写っている。小人なんかどこにも写ってねーよ」

　そんなことを口にするのも忌々しいとばかりに男ははき捨てる。

「あの……こちら……は？」

　男の剣幕に恐る恐るさつきは聞く。

「ああ……うちの猟奇殺人課の刑事だ」

　既開田が言う。

「名前は犬彦」

　何故か男が名乗る前に三溝耕平が答える。犬彦と呼ばれた男の口許があからさまに不快そうに歪む。

「あ……あの、それって名字、それとも下のお名前……それともニックネーム？」

　さつきはその場を何とかとりつくろおうと、半疑問形でいって小首を傾げてみる。（気持ちはわかるけれど全く年齢を考えてほしいわよね、とはさつきちゃんの弁。）

犬彦は身を乗り出し、さつきの顔をじっと覗き込む。強い輸入タバコの匂いがしてさつきはどきり、とした。父親がヘビースモーカーだったせいか、ファザコンの気のあるさつきは強いタバコの匂いのする男に無性に弱い。三溝耕平のことを待ちきれず身体の内側を虫が這い回る妄想を持つ今の同棲相手とくっついてしまったのも男の吸っていたタバコの匂いのせいだ。

犬彦はさつきを逃がさないように彼女の背後の壁に手をついて耳許に囁きかける。

「教えてもいいけどベッドの上でだ」

そしてマスクの下の鼻をくんくんと鳴らす。

「いい臭いだ」

そう言われ思わず犬彦の目を見つめてしまう。膝の力が抜けてしまいそうだ。

「さつき、目が欲情してるよ」

そんなさつきを見てあかねが冷ややかに言う。

「うるさいわね、あんた」

さつきに理性が戻り言い返す。あかねに助けられた格好なのがくやしかった。

全くさつきときたら男運が悪い上に、すぐに目の前を横切る男に靡くのであたしとしては見ちゃいられないの、とあかねちゃんは呆れたようにぼくに言った。

「お前も盛りのついた犬みたいに生理中の女をむやみにくどく癖はいいかげんにしろ」

既開田が後ろから犬彦の耳を引っ張りさつきから引っぺがした。

「……なにそれ」

さつきは既開田のことばに憮然とする。

「いや、ついあの時の女の匂いを嗅ぐと自分でも見境いなくなって」

犬彦は弁解がましく頭をかく。

「見境いなくってどういうことよっ」

ちょっと、その言い方はあんまりじゃないとさつきは思い、あかねちゃんはあかねちゃんでいくら犬でも少しは相手を選ぶべきだと思ったそうだ。

「それで猟奇殺人とみなす根拠は何だい？　殺人課の刑事さん」

三溝耕平はさつきの地に落ちたプライドは全く顧みることなく犬彦に呑気に尋ねる。

そして三溝耕平の微笑の一体どこが気にくわないのか——犬彦に聞けば全て、と答えるだろうか——犬彦はまたも苛だたし気に答える。

「同じ死体がほぼ正確に二週間おきに見つかっているんだぜ。これで三人めだ、しかも被害者の脳はまるでスプーンで掬ったかのようにきれいに抉り取られていた。猟奇殺人じゃなければ一体なんだって言うんだ」

犬彦は素人が口を出すなとばかりに不快感を顕わにする。

犬彦という男は感情を抑える気が全くない人物らしい。

「そりゃそうだ、食ったんだから」

だが三溝耕平は事もなげにそう言うと飄々とした顔で先ほどのスプーンを犬彦に示す。

「え……？　食べちゃったの」

さつきは思わず叫ぶ。

「そ……そうだ。猿の脳味噌は中華料理では珍味だ。生きてる人間の脳を食ったに違いない。だからこいつは久々の連続猟奇殺人で、そして、そいつをとっつかまえるのが俺の仕事だ」

犬彦は耕平に乗せられるようにまくしたてる。まさか脳を食ったとまでは思っていなかったが猟奇殺人であればこの際、何でも良かった。

だが、犬彦が意気込むのも無理はなかった。世紀末にあれほど百花繚乱の様相を呈した猟奇殺人事件やシリアルキラーの類は新しい世紀が始まってからというものすっかり影を潜めていた。移民がらみのトラブルと、それから既開田がこのところ熱心な、どうにもオカルトまがいの事件ばかりが起きて、過ぎ去りし九〇年代を彩ってくれたあの懐しきサイコパスたちは皆どこかに行ってしまっていたのだ。

「すると君は一人の人食い殺人鬼による連続殺人だと考えるのかな」

三溝耕平は自分から脳食い殺人の話を持ち出しておきながら、わざわざ念を押すように言う。犬彦がパブロフの犬の条件反射のように顔をしかめる。耕平が何かを言う度に犬彦の口許はいらだたし気に歪めるのだ。

「そうだ、わかってりゃこれ以上、口を挟むな、三溝耕平」

犬彦はとうとうぶち切れて叫ぶ。そして叫んだ後でもまだ興奮が収まらないのかハアハアと犬のように口で息をする。

「あ……あら……やっぱりお知り合い？」

さつきは二人が互いに相手の名を知っている様子なので、二人をとりなすように言ってみる。

「PKOで一緒だった」

憮然とした顔で犬彦が言う。

「さつきが帰国した後に彼が来たんだ。けれども彼ときたらその頃からぼくのことが嫌いらしい」

屈託のない顔で三溝耕平が続ける。

「それはまたどうして？」

さつきが何気なく尋ねる。

犬彦の顔面の筋肉がぶるぶると震える。

「そんなことは……秘密だ！」

犬彦は大声で怒鳴ると、また犬のようにハアハアと口で息をした。


さつきは事件の現場から三溝耕平の診療所まで、なんとなくついてきて結局、そのまま上がり込んだ。さっさと自分の男のところに帰ればいいのにねえ、とあかねちゃんはぼくに同意を求めるのでとりあえず「うん」と言っておくと「本当にそう思ってるの」と睨まれてしまった。やれやれ、女の子の扱いは厄介だ。

それはともかくお話の続き。

「ねえ。耕平、あなたあの犬みたいな名前の人に何かしたわけ？」

さつきは尋ねる。

「さあ、全く覚えがないんだ」

三溝耕平はにこやかに笑う。とぼけているのではなく本当に覚えがないのだ。だが犬彦の方には忘れ難い何事かがあったのは確かだ。

「ぼくは親友だと思っていたんだけどね」

あまつさえそうつけ加えるのである。

さすがにそれにはさつきも呆れてふう、とこれ見よがしにため息をつく。

「何？」

「そーよね、あなたってそうやって無自覚に他人を傷つけちゃうタイプって知ってた？」

さつきはやはりここは三溝耕平に意見してやらなくては、という気になってちょっとだけきつい口調で言ったのだ。

するとたちまち三溝耕平は母親に叱られた子供のように困った顔でさつきを見上げた。途端にさつきは胸がきゅんとする。この耕平の無邪気な顔にさつきは死ぬほど弱い。でもここで負けちゃだめだ、とその日のさつきは思った。

意を決して三溝耕平を睨み続ける。

するとようやく三溝耕平も多少の反省はしてみたらしい。

「ぼくはもしかしてさつきにもそうだった？」

「言わなきゃわかんない？」

「ごめん」

「そんなふうにあっさり謝んないでよ……」

切なそうにさつきは目を伏せる。そしてそれ以上もう何も言えなくなってしまう。

まあ結局惚れてるさつきの方が立場が弱いのよね。それに三溝耕平はああ見えたって女のあしらいは上手いのよ。一見、純情そうに見えるんだけどそういう奴に限ってとても始末が悪いの。だって彼ときたら身体の中にダイアナとアンジェラっていう二人の白人女を同居させて、それで上手くやってるんだもの、やっぱり女たらしよ、と言ってあかねちゃんはぼくに同意を求めた。

そうかもしれないね。

ところでさっきからずっと気になっていたんだけれどその時、あかねちゃんはどこにいたの、とぼくは聞いた。すると彼女は突然、むっとした表情になった。あたしは、その、つまり、仮眠をとっていたのよ、診療所のソファーで、なにしろ朝は早かったしね、と弁明したが要するにおねむだったわけだ。そう思ってぼくがくすりと笑うと、何がおかしいのよ、続きは聞きたくないの、と言うので、でも君はその時の二人の会話を聞いていないいんじゃないのと反論すると、大丈夫、後でしっかりと三溝耕平から聞き出したわ、あたし、彼には秘密を作ることを認めてなんかいないの、と彼女はまた胸を張った。

小ちゃい胸をだけどね。

それであかねちゃんの話によれば三溝耕平は診療所に戻ると試験管やらビーカーを取り出して何やら作業を始めたらしい。さつきはそれを手伝いもせずさっきのように三溝耕平に意見をしていた、ということらしい。

「それにしても本当にこの事件の犯人って食人鬼なわけ？　二週間に一回、ぴたりとお腹が空いて人間の脳味噌が食べたくなるわけ？　ねえ、耕平、どう思う」

さつきは耕平に構ってもらいたくてあれこれと質問する。しかし三溝耕平は答えない。

「ねえ、耕平ったら、遊んでよ」

つい子供みたいな本音が出る。あかねちゃんには聞かれたくない台詞(せりふ)だ。

三溝耕平の口許がかすかに笑ったように見えたのでさつきはむっとする。

「な……何よ……」

「ほら、できた」

耕平はさつきをいなすように彼女の鼻先に試験管

を差し出す。

「なによ、これ」

さつきは反射的に試験管の中身に焦点を合わせる。ちょっと寄り目気味になって変な顔だった、と三溝耕平が言っていたわ、とあかねちゃんはさりげなくつけ加えた。

試験管の中にはよく見ると細い糸状の塊が沈殿している。

「さっきの死体から脳髄の食べ残しを少しいただいてきたんだ。その細胞から二十番染色体を取り出して解してみたんだ……知っているだろ、染色体が実は〇・〇〇二ミリの太さの糸でほぐすと細胞一つの中で二メートル分の長さになるってことぐらい」

「一応、医師免許もってるもの……でも、どうするの。あなた、まさかヒトゲノム計画にでも参加するつもり」

耕平の意図がつかめないさつきは椅子に反対方向に座って両足をお行儀悪くぶらぶらさせて言う。

「それも悪くないけどとりあえず知りたいのは被害者の遺伝子情報だ……自分で出来るかな、と思ったけどやっぱりここじゃ無理だ」

「で、あたしに大学病院でこっそり調べてこいと……」

「それも悪くないけどちょっと急ぐんで今回は〝彼〟に頼むことにする」

「彼……って？」

三溝耕平は思わせぶりに言っただけでさつきの問いには答えずコートを羽織った。

「待ってよ、あたしをおいていかないで」

さつきときたらあわてて金魚の糞みたいに耕平の後を追いかけていったわ。

そうしてかわいそうなあたしは一人で診療所のソファーに取り残されたってわけね、とあかねちゃんは言った。

三溝耕平は交差する三つの鉄路によって世界から

隔絶された結界の如き彼のアパートの外に出た。午前中の代々木の街には人影はなく、路上にホームレスとそれから酔っぱらいが死体のように身じろぎせず一定の間隔で横たわっている。たまに本物の死体が混じっていることもあるが、まあ、それは御愛敬だ。

その中にガリレオの姿を見つけだすのは彼が実在しているならとても容易なはずである。その巨体は二メートル幅の路地には収まりきらず雑居ビルの階段を枕代わりにすることでかろうじて道路の幅に収まっていた。

耕平はコートのポケットからウォッカのボトルを取り出して彼の鼻先に差し出す。アルコールの匂いに反応してガリレオはゆっくり目を開ける。

「まだ早いが一杯どうだい」

三溝耕平の誘いにガリレオはつばをごくりと飲む。喉仏がまるで地殻変動のように大きく上下する。そしてガリレオは悲しげな表情を浮かべこう呟く。

「ただで酒は奢ってもらえない」

それはガリレオのささやかな倫理だ。

「仕事だ。ちょっと調べてくれ」

三溝耕平はもう片方の手で例の試験管を取り出して言った。かつてアンジェラという女のものだった白い手だ。するとガリレオはかっと目を見開き、そして腹筋運動のように上体を起こして試験管を覗き込んだ。

「ま……まさか……調べるって……この人が？」

さつきの顔には明らかに困惑の色が浮かぶ。

「そう、彼はこの道の専門家なんだ」

三溝耕平はそう言ってにやりと笑った。

そこにはあたしも何度も行ったことがあるんだけどね、とあかねちゃんは言った。お話の中で、彼女が居合わせなかった場面には必ずそう一言、あかねちゃんはつけ加えるのを忘れない。嘘をついていると思われるのが嫌なのかな、と最初は思っていたけれど要するに三溝耕平と福山さつきが二人きりになるのは例えお話の中であっても納得がいかないらしい。

さて、ガリレオが二人を案内したのは彼の図書館だった。ガリレオの背中の下にはマンホールの蓋があり、それが彼の図書館の入り口だった。そこから地下鉄の廃線に入り込み、いくつもの迷路のような道を行った先に突然、天井までびっしりと備えつけられた書架が地下道の両脇に現れるのだという。ちょっと想像がつかない。とにかく書架は二十メートル以上も続き、中には聖書のように皮を鞣した表紙からなる書物がずらりと並んでいるのだそうだ。その皮は実はこの辺りに巣くっているどぶ鼠のものなのだが、さつきは無論、そんなことは知らないまま、不思議そうな顔で書架から一冊、本を取り出してページをめくる。それは手書きの書物でページにはあのガリレオの小学生の書き取りのような律儀な文字で例の呪文が延々と書き連ねてあるのだ。

あちしぐぐしちちあちぐしあちぐしちあちちぐぐしちあちしぐちぐしぐちぐあ……。先程の紙片の呪文と同じく、ただひたすらにあ、ち、し、ぐ、の四文字のランダムな組み合わせがいつ果てるともなく続くのだ。

さつきは頭が混乱する。混乱しているのはいつものことだけれどね、とあかねちゃんはここでも注釈するのを忘れない。

「これってまさか……」

「まさか……何？」

「ううん、そんなことないよね」

さつきは思いきり首を左右にふり、一瞬、自分の頭の中に浮かんだ答えを自分で打ち消した。それは常識ではありえないことだったからだ。だが世紀末を越えそこねたこの街では常識ではありえないことがいとも簡単にありえるものになってしまう。

「いいや、多分、君の想像した通りだよ。そこに書かれているのは人の遺伝子情報の解析さ」

ありえないことをあっさり肯定して三溝耕平も書架の本を一冊、取り出し、ページをめくる。

　そこにもあの四文字からなる呪文が書かれている。

「遺伝子とは二重螺旋の糸の上に配置された四種類の塩基の配列を文字の代わりとしたコンピュータプログラムのようなものだ」

　耕平は分子生物学の初歩をさつきに確認するように言う。

「じゃ、この、あ、ち、し、ぐ……って」

「〝あ〟はアデニン、〝ち〟はチミン、〝し〟はシトシン、〝ぐ〟はグアニンの略だよ。普通はアルファベットでA、T、C、G、と表記するけれど平仮名を使うのは彼の流儀なんだろうな」

「ここは日本だから」

　ガリレオはその理由を説明すると耕平とさつきの手から書物を回収し元あった棚に丁寧に戻す。

「すまなかったね、勝手にさわって」

　耕平は謝る。確かにこれが本当に遺伝子情報なら本の配列が一冊入れ替っただけで取り返しがつかなくなる。さつきはしぶしぶと目の前のありえないことを受け入れることにした。

「じゃあここに書かれているのは全て全部、遺伝子の塩基配列ってわけ」

　さつきは改めて書架を見渡す。並んでいる遺伝子の書は五百冊は下らない。

「二十三番染色体の記録がもうすぐ終わるのだそうだ」

　耕平の言葉に満足そうにガリレオは頷く。

「でも……どうやって……だってここには初歩的な実験設備さえないじゃない……」

　さつきはやっぱり納得できないといったふうに口を尖らせる。なにしろそこにあるのは書架以外は大きな机が一つ、そして机の上にはちびた鉛筆が何本か空き缶に差し込まれているだけなのだ。

「実験設備なんかいらないんだよ、彼には。見えるんだよ……心で」

三溝耕平は別に不思議でも何でもない、といった口調で言う。

三溝耕平は診療所から持ってきた例の試験管をガリレオに手渡す。ガリレオはそれを一瞥すると椅子に腰を下ろし、そしてポケットから取り出したしわくちゃの紙に猛烈なスピードで文字を記していく。瞬く間にA4ほどの紙片——それはよく見ればチラシの裏なのだが——が文字で埋まっていく。

そして、ぴたりと指先が止まる。

「ガリレオはかつてヒトゲノム計画に参加した分子生物学者だった。けれどもある日突然、彼の中に神様が降りてきて、その瞬間人間の遺伝子情報が全て見えてしまったんだ。けれども誰も彼の言うことなど信じてくれず研究所を馘になり、まあ、色々あって日本にやって来た。そうしてこうやって一人でヒトゲノムを書き記しているんだ。一瞬で彼はヒトゲノムを知ることはできたけれど、でも書き記すにはとても時間がかかる。なにしろヒトゲノムは大英百科事典にして七百冊分だって言われてるからね」

「……これが全部そうだってわけ」

さつきは半ば呆れて書架を見つめる。三溝耕平が戻ってからというものすっかりこの街の流儀らしい非常識にどっぷり浸かってしまっていたさつきは「そんなことありえない」と反論することは放棄して、ガリレオのその健気さの方に素直に感動することにした。

ガリレオは立ち上がると書架にそってゆっくりと歩いていく。そして20と書かれた棚の前で止まる。おもむろに手を伸ばし最上段の一冊を取り出し、ページをめくる。しかめっ面をして紙片とページを見比べ、鉛筆でそっと線を引く。一方、紙片の方にもこちらははっきりとアンダーラインを引く。

大切な書物に余計な書き込みをすることはやはり憚られるのであろう。

三溝耕平はそのガリレオが示した箇所を覗き込む。本には「ち、あ、ぐ、し」の文字、一方の紙片には「ち、ぐ、ぐ、し」とある。

「つまり第二十番染色体中の遺伝子情報の中で普通ならアデニンであるところがグアニンに置き換わっている、というわけか」

三溝耕平はそう一人で納得した後でガリレオから受け取った紙片とヒトゲノムの書物のページをさつきに示した。そんなもの示されても困る、とさつきは言えずに受けとる。そして遺伝子情報の塩基配列に異常があることの医学的意味を耕平に尋ねる。

「つまり、被害者は何らかの遺伝病であった……というわけ？」

「そういうことになる」

耕平は肯定する。

「でもね、耕平、一体、そのことと今回の連続殺人の真相は関係があるわけ？」

「大いにあるさ」

と三溝耕平はにっこり笑った。

三溝耕平がそんなふうに思わせぶりな言い方をしたものの、事件があってから一ヵ月近くが何事もなく、そして、なんとなく過ぎていったという。その頃になると新宿署の猟奇殺人課の刑事の犬彦はすっかり捜査に行き詰まっていたという。ところで犬彦っていうのは名字なの、名前なの、と福山さつきと同じ質問をぼくは口にした。時には姓だったり時には名前だったりあの男の言うことはいつだって一致しないの、とあかねちゃんは言った。それにあんな男には姓と名と両方あるなんて勿体なさすぎるわ、とも言った。

どうやらあかねちゃんは犬彦が嫌いらしい。

とにかく、刑事犬彦が捜査に行き詰まっていたことは確かなようだった。新宿署猟奇殺人課、といっても実は刑事は犬彦しかいない。九〇年代末、サイコパスが日本中を跋扈した時代にあっては猟奇殺人課は花形部署だったが世紀末を過ぎた後は潮が引くようにサイコパスは姿を消してしまったことは前に記した通りだ。もはや猟奇殺人課は窓際の部署であり、犬彦はまだ若いのにも拘わらずすっかり署内では過去の遺物扱いだ。多重人格者がそこかしこにいて連続殺人事件を山程起こしてくれたあの時代が彼にはさぞかし懐かしかったに違いない。

だが犬彦は既開田たちに大見得を切ったことを早くも後悔し始めていたのだ。

幸いなことと言うべきなのか久しぶりの連続殺人は山ほど遺留品や目撃情報があるにはあった。一人めの被害者は定年退職した新聞社の元記者。二人めの被害者は今時東京では珍しい日本人のホームレス。そして三人めは例の女子高生。ほぼ二週間間隔で、脳をきれいにくり抜かれた遺体で見つかった。その点においては絵にでも描いたような猟奇殺人だと言える。

けれども困った問題がなかったわけではない。まず、被害者像が一致しない。猟奇殺人というのは幼女が好きとかデブでハゲの中年男が好き、とか、とにかく殺す対象に一定の傾向があるのが普通だ。猟奇殺人犯とはつまりはマニアなのである。マニアには必ず拘りというものがある。ところが今回の事件は犯行の手口こそ一致するが相手は選ばず、と言ったところだ。脳が目的で他は何でもいいというのでは猟奇殺人犯としてはアバウトすぎる。生きた人間の脳に拘わるのならどんな奴の脳かにまで拘わりがあってしかるべきだ。

だが、その杜撰さはまだしも犯人の趣味の問題に帰結しうるからいいとして、問題は遺留品と目撃情報だ。

一人めの事件の時にはホームレスらしき男が現場を立ち去るのが目撃され、二人めの事件の時には現場に女子高生に人気のあるキャラクターのついた携帯ストラップがちぎれて残されていた。そして三人めの事件では中年のサラリーマンの姿がホテルの防犯カメラにしっかりと写されていた。

一番物証がはっきりしている三つめの事件の目撃者を犬彦は容疑者と定め、その足取りを追ってはいた。けれども一つめと二つめの事件の周辺にはそれらしき人物は浮かび上がらなかった。それどころか犬彦の頭からはある単純な疑問が離れなかった。

つまり一人めの被害者を殺したのが目撃されたホームレスふうの男で、それが実は二人めの被害者で、それを殺したのが三人めの被害者であった女子高生だとしたら一番理屈にあうではないか。これはちょっとチェーンレターのように最初の加害者が次の被害者となり、殺人が順送りされていくという、そんな殺人事件ではないのか。

だが、それはあまりに荒唐無稽と言えた。それに仮にそんなふうに殺人事件が順送りされていったのなら、それでは始まりは一体誰かに行きつくことはできるのか。不幸の手紙の起源が突きとめられないように最初の被害者は永遠に発見できないなんてことにはならないか。犬彦はあまり回転の良くない頭で考え込み、その結果すっかり混乱してしまっていた。

まあ、あたしもあの時は犬彦に色々、相談にのってあげてはいたんだけどね、とあかねちゃんはそこでまた一言、生意気な注釈をつけたが、どんな相談にのったのかは聞き逃した。

それでも防犯カメラからプリントアウトした男の写真を持って丹念に聞き込みをしてようやく彼が元コンピュータ会社のリストラされた社員で北新宿のマンションで一人暮らししていたことを突きとめた。そういう足で情報を得る、ということに関しては犬彦は全く苦にならないタイプだ。それは犬彦の美徳だといえる。

男の住所である築二十年は超えている老朽マンションは壁面にいくつもの亀裂が走り、鉄筋の赤錆が剝き出しになっていた。男の部屋の新聞受けには何日分もの新聞がはみ出していた。

犬彦は既開田と共にドアチャイムを押した。任意同行して一挙に自白に持ち込む、というのが犬彦の予定だった。

だが、返事はない。

「まあ、その新聞受けを一目見りゃわかるだろう、新聞の日付からして二週間近くは戻っていない……この部屋の主が犯人だとしたらとうにどこかに高飛びしたんじゃないのか」

既開田警部補は首をこきこきと鳴らしながら言った。

「いや、犯人は部屋の中に潜んでいる。これは刑事としての俺の嗅覚だ」

無論、これは比喩的表現であるが、犬彦はそう言って本物の犬のようにマスクの下の鼻をくんくんと鳴らした。

「うむ……確かに」

既開田もつられて鼻をひくつかせる。既開田の鼻孔から集められた臭気は鼻の粘膜の上で嗅覚の情報に置き換えられ電気信号として欠損した脳底部に位置する嗅球の代わりであるCPUに届けられる。すると突然、スケルトンの頭蓋骨の中で赤いランプがくるくると回り出す。

「な……なんだよ」

犬彦が驚いてのけぞる。

「この頭は警察仕様でな……」

そう言いながら既開田は緊張した表情でポケットから銃を取り出す。

「ちょ……ちょっと待てよ、おっさん……物騒なマネは……」

しかし犬彦が制止するより早く既開田は引き金を引き扉のドアノブあたりを撃ち抜いていた。

「やめてくれよ……鍵なんかヘアピンとかで開けられるだろ」

犬彦はその外見とは裏腹に思いの外、小心者なのである。

「犬彦、ドアを開けろ」

既開田が命じる。

「そんなことして中から犯人が襲ってきたらどうするんだよ」

犬彦はすっかり腰が引けている。

「大丈夫だ……多分、奴は死んでいる」

「何だと？　いいかげんなこと言うな……」

「だったら確かめてみろ……第一、この臭い、これは死臭じゃないかい？」

既開田はもう一度、鼻をひくつかせる。するとまたスケルトンの頭の中でランプが点滅する。

「嗅覚は例の事件で失っちまったが、代わりに死体の臭いに反応するようにプログラムしてあるんじゃ」

犬彦は、マスクをかすかに持ち上げる。途端に腐敗臭が犬彦の鼻をつく。吐き気が胃の底から一気にこみ上げて意識を失ないそうになる。

「おい、見てみろよ」

扉を開け室内に入った既開田の声がする。だが見なくても犬彦にはわかった。開かれたドアから放たれた強い臭気はマスクのフィルターを通り抜けて犬彦の鼻孔に到達する。そこにはあのリストラされたサラリーマンが脳をくり抜かれた腐乱死体で横たわっているはずだ。犬彦は見なくたって腐乱の進行具合だって手に取るようにわかる。犬彦の並外れた嗅覚はまるで臭いの元を手に取るように感じとることができるのだ。だからこそ普段は特製のマスクをして一切の臭いを遮断しているのだ。


「チェーンレター殺人事件、ねえ」

さつきは困惑して首を傾げる。全く、困った時に首を傾げればなんとかなるのは二十二歳までって決まっているのだから見苦しいったりゃありゃしない、とあかねちゃんは言った。

「信じ難いが犬彦の言う通りならそうとしか名付けようがない。最初の加害者が次の事件では被害者となり、またその時の加害者が次の事件では殺される……犬彦の言う通りならまるで殺人をリレーしているようだ」

既開田はさつきの病院の研究室のアルコールランプで沸かしたビーカーのお湯を二人分のコーヒーカップに注ぐ。

「勝手に淹れさせてもらったぞ」

既開田はそう言ってカップの一つをパソコンのモニターと睨めっこするさつきの傍らに置く。

「うーん、被害者の遺体の食べ残しの脳髄を調べてみろ……って耕平が言うんで色々やってみたんだけどさ」

「カニバリズムとまだ決まったわけじゃないさ。まあ胃の残留物に被害者の脳でも残ってりゃあ立証できるんだろうが次の被害者として発見される二週間後まで胃の中に残っちゃいないさ……で……何かわかったのかい」

「うーん……耕平は第二十番染色体を調べろってしつこく言うんだけどね、確かに被害者は四人とも同じ二十番染色体の同じ場所に同じ異常があったわ。もちろんガリレオに頼まないでうちの病院でやったんだけどね。一応、ヒトゲノム計画にはうちの大学も参加しているから施設はあるんだ」

「ガリレオがどうした？」

「いや、こっちの話よ」

既開田にあの図書館で見たことを話すのは何となく憚られた。やはりあれは医師であるさつきとしては認めてはならない光景なのである。

「で……四人に同じ遺伝子異常があるって一体、どういう意味なんだ……」

「同じ遺伝病の持ち主ってことだから……四人は遠い親戚か何かってことになるのかな。つまり呪われた一族を襲ったチェーンレター連続殺人ってとこかな」

さつきの思いつきに既開田は顔をしかめる。

「どうしたの？　あたし何か変なこと言ったかな」

「いやその呪われた一族云々って絶対、犬彦の前で言わないでくれよ。あいつそういうの、死ぬほど好きでどんどん妄想広げちゃうタイプなんだ。ホラー小説流行りの御時世なのに、今時古典的なミステリー小説のファンで鍵締まってた部屋の中で人が死んでるだけで密室殺人、とか言い出して暴走するタイプなんだ……」

「今時、虚構と現実の区別がつかない青年っていうのも珍しいわね」

「ああ……前世紀にはおたくとかいって、そんな奴、結構いたんだけどなあ」

さつきはプリントアウトした被害者の遺伝子情報のデータを既開田に渡す。A、T、G、Cの文字がびっしりと配列してある。

「わしらの身体の中にこんな文字が書き込まれているなんて信じられんなあ」

既開田はしげしげと見つめ納得がいかないというように呟く。

「まあ、字が本当に書いてあるわけじゃないけどまるでコンピュータのプログラムみたいなんだ、遺伝子情報って。ひとまとまりの情報の始まりと最後にはちゃんと同じ文字配列が出てくるし、誰かがこのプログラム書いたとしか思えない時があたしだってあるよ」

「誰かって……」

神様だと言い兼ねてさつきは曖昧に微笑した。

「後の推理は耕平に聞いてちょうだい」

「あれ、さつきちゃんは来ないのかい？」

「今晩は夜勤なの。それにあんまりあそこに出入りするとあかねちゃんがすっごい顔で睨むの」

「そりゃ思いすごしだよ……いい子だよ、あの子。わしの毛糸の帽子がお気に入りだし」

「男はみんなああいうタイプの女に弱いの」

棘のある言い方になる。

「…………」

既開田はさつきの顔をじっと見つめる。

「な……なによ」

「いや……イライラしてさつきちゃん生理中かな、と思って」

「それってセクハラよ、既開田さん……別にいいけど……」

さつきは力なく言った。あかねがどんなに嫌な子か既開田に色々言ってやりたかったが余計、墓穴を掘りそうだったので止(や)めた。

まあ、それはさつきにしちゃ賢明だったわ、何しろ、あたしはこう言うときに備えてさつき以外の、特に男の人の前ではちゃんと可愛くして甘えておくことにしているの、とあかねちゃんは言った。

ぼくは福山さつきにちょっとだけ同情したがそれは口に出さなかった。


四人めの被害者の部屋の電話の脇にはデリバリー・ヘルスのチラシが残っていた。犬彦が業者のところに直接行って確かめると男の死亡推定日時と思われる日に、確かに男の部屋に女の子を宅配していた。

「絶対に日本人の女の子じゃなきゃだめだ、って何度も念を押して、変な客だったぜ。日本人でこーゆー商売やる子って、世紀末に女子高生だった連中だろ。奴らカラオケ一緒に行くだけで二万円、みたいな援交にすっかり慣れ切っちゃってるから態度悪くてさーあんま人気ないんだよ……性感染症だって蔓(まん)延(えん)してるしさ、日本人の女の子の間じゃ、ずっと。その点、入国審査の厳しい外国人の方が絶対安全なんだけどな」

何故か信用金庫の職員みたいにこざっぱりした身なりのデリバリー・ヘルスの店長は聞きもしないのにそんなことをべらべらと犬彦に喋(しゃべ)った。だが肝心の、つまりチェーンレターの如き連続殺人の現時点での容疑者であり次なる被害者となるはずのヘルス嬢は失踪していた。

「隠すとためになんないぞ」

一応、凄んでみせたけれど店長は「本当のことを書いてあるのかどうかわかんないけど一応、形だけとった履歴書」と言って市販の履歴書に住所と氏名と携帯の番号だけ書いたものをあっさりと犬彦に差し出した。その態度から見て何かを隠しているとも思えなかった。しかし履歴書に書かれた住所はと言えば店長の言うようにどう見ても本当のものとは思えなかった。「西新宿1－2－3の405」などと1から5まで順にただ数字を並べるだけなんてもう少し考えて嘘の住所を書けよ、と犬彦でさえ思った。もっとも確認する手間が一つ省けたのはありがたかった。顔写真のところにはコンビニで売っているインスタントカメラで撮ったピンボケのポラロイドが貼ってある。ショートヘアーでアーモンド形の目。顔は真っ黒である。今時、ガングロかよと犬彦は呆れた。だがこの写真だけでは足取りを追うには手がかりになりにくい。時間が差しせまっていたのである。何しろ、男の死亡推定日時から今日で十四日めである。二週間ごとに事件が起きるというサイクルは崩れていなかったから地道な捜査をしている暇はなかった。

犬彦は悩んだが、ええい、仕方ない、と決心した。

「もう一つ聞きたい」

犬彦はなるべく平静を装い言った。

「何か彼女がここに残していったものはないか……私物で……」

「んー、読みかけのファッション誌とか、あと何かあったっけな……」

「……なるべくその……匂いの強いものが……」

犬彦は言いにくそうに言う。

途端に店長はああ、という顔になる。

「なんだ……はっきりそう言ってくれればいいのに……刑事さんも好きだねえ、うちのチラシ、じっくり読んじゃって……」

店長はにやにや笑いながらいったん奥に引っ込むとしばらくして戻ってきて、ラッピングした小さな布を差し出した。

「……なんだ……これ」

怪訝そうな顔をする犬彦。

「もう……とぼけちゃって……女の子の脱ぎたてのパンティを真空パックしたもの。一応、お客さんからリクエストあればサービスであげてんだけど、これ、ちゃんと失踪した綾ちゃんの奴だよ……。今はあんまり流行んないけど刑事さんぐらいの年代の人には根強い人気があるんだよね、この手のサービス。何なら他の子のも持ってく？」

店長はにやついて言う。

「い……いらん」

犬彦は真っ赤になって叫ぶ。

それは本当に誤解であった。しかし、その誤解を解こうといくら弁解したところでそれは全く説得力のないことを犬彦は知っていた。

犬彦はだから憮然として扉を足で開けるとヘルスの事務所がある雑居ビルの外に出た。そこはヴィンテージのアロハや中古のジャズのアナログレコードやアニメのコスプレ衣装を扱う店が並ぶ世紀末の遺物のような雑居ビルだった。

その吹きさらしの廊下で犬彦は例の下着入りパックを破るとパンティを取り出し、マスクをはずすとその匂いの一番強そうな股間の部分に鼻を押しつけた。

そして少しためらったが意を決して大きく息を吸った。


「呪われた一族……か」

三溝耕平は愉快そうに笑う。

「だって、被害者は同じ遺伝病の患者だったんだろう？　だったらどっかで血がつながっていることにならないかい？」

既開田は耕平に笑われ釈然としない顔で問いかけた。

「同じ遺伝病を持つかららって同じ血族とは限らない

んじゃないかな」

耕平が言いかけたところであかねが既開田にコーヒーを差し出す。サービスにミルキーが一つ、カップの脇に添えられている。

「こりゃありがたい、甘い物には目がなくてね」

既開田はミルキーの包みを開いて口に放り込む。

あかねは毛糸の帽子を引っ張って脱がす。するとスケルトンの頭の中で青いランプが点滅する。味覚に関わるCPUと連動しているランプで、あかねちゃんはこのランプが光るのが好きで、いつも既開田が来ると甘いお菓子をふるまうのだそうだ。

「それで何だって……同じ遺伝病の持ち主が同じ一族とは限らない……って話か」

「例えば、プリオン病って既開田さんて知ってますか？」

そう言って三溝耕平はおもむろに語り始めた。

以下の記述はなにしろあかねちゃんからの聞き書きを元に再現したものであり、しかもぼくも文科系で、多少はインターネットで文献をあさったりもしたのだが実のところさっぱりわからなかった。従って正確さに於いては全く自信がないことをあらかじめ書き添えておく。

プリオン病とは、狂牛病などという俗称で一時期有名になった牛海綿状脳症などがその一例として知られるが、本来は遺伝病であった、と考えられている。例えばイタリアのある家系が五代に亘って同じ症状で死亡した致死性家族性不眠症は人間のプリオン病としてよく知られるが、二十番染色体上に存在するとある遺伝子に異常が生じていることから遺伝病と考えられる。三溝耕平は最初からこのことに気付いていて二十番染色体に執着したのだろう。ところがこの患者の脳の一部をラットに注入すると同じ病気が発生する。

つまり、遺伝病なのに伝染するのである。

ウィルスに代わって伝染の役目を果たすのが感染性の蛋白質であるプリオンである。遺伝子情報は人間の身体の中に必要な様々な蛋白質を作り出すための塩基配列からなるプログラムだが、そのプログラムに異常があった時に必要な蛋白質が作られなかったり誤った蛋白質が作られたりする。プリオンはそうやって遺伝子の変異が作り上げた蛋白質だが感染性を持っているのだ。つまり、相手の体内に入るとプリオン蛋白質はプリオン蛋白質自身を自己複製し、増殖し、発症するのである。そもそもDNAの二重螺旋構造の発見以来、蛋白質とはDNA上の遺伝子情報である塩基配列を鋳型としてメッセンジャーRNAが転写され、それを元に合成されるというのが定説というかセントラルドグマであった。ところが勝手に自己複製するプリオン蛋白質はこのセントラルドグマに大いに反しているのである。

「さつきの病院で調べたところ、遺体にかすかに残った脳の食べ残しの中にはプリオン蛋白質の凝集が見られた——つまりプリオン病に類する病を発症していた可能性が高い。ただ今回の被害者のプリオン病が特異なのは感染したプリオン蛋白質が自己複製するだけではなくてDNAそのものを書き換えてしまっているんじゃないか、と思える可能性も大なところだ」

既開田は三溝耕平の言っていることはさっぱりわからなかったがそれが医学の常識から大きくかけ離れているらしいことだけは理解できた。しかし、ここは医学以前に世間の常識がとうに壊れてしまった街である。だからそんなものか、と既開田は納得するだけだった。魔術が横行する街では医学の常識も相対的なものでしかない。

「おお、そう言えば、あんたに言われていた最初の被害者は確かに殺される二週間前に旧ソ連に属していた東欧小国グルガリアの山岳地方に旅行している」

既開田は警察手帳を取り出してメモを確認する。

「つまりその感染する遺伝病とやらはそいつがグルガリアから持ち込んだ、ということになるのか」

「多分」

「しかし、どうやってその病気は感染するんだい……場合によっちゃ保健所なりにも通報せにゃいかんぞ」

既開田は耕平の答えを書き留めようと手帳を開いたまま言う。

「その心配はないと思う。脳を食わない限りは感染しない」

「なんと……」

既開田は絶句した。セントラルドグマに反する蛋白質よりも人倫に反するカニバリズムの方がやはり人の心に訴えかけるものがあるようだ。

「プリオン病が最初に注目されたのは五〇年代に発見された東部ニューギニアの高地に住むフォア族の間で流行するクールーという病気だった。彼らは石器時代から死者の霊をなぐさめる葬送の儀式として死者を切り刻んで食べていたけれど六〇年代に入り食人の習慣が止むと殆ど発症例はなくなった。そして最初の被害者が旅行したグルガリアの少数民族にも同じような食人による葬送儀礼があったはずだ」

三溝耕平はあらゆる少数民族の葬儀の方法に精通している。身体の中の五人のうちの一人が葬式マニアの文化人類学者であったためだ。

「すると……感染は……」

「プリオン蛋白質は大脳皮質に蓄積される」

「つまりそれを食った殺人犯が感染したってわけか。それが事件の真相か……」

既開田は考え込む。彼のCPUが論理に矛盾がないか検算しているのである。そして、毛糸の帽子の中の黄色のランプが点滅する。疑問点が生じた知らせである。

「いや待てよ、三溝耕平、そいつはおかしい。だったら何だって感染していない人間がわざわざ感染している人間の脳を食おうという気になったんだ……それも四人も続けて……」

「そうか……気がつかなかった」

さも失敗した、というふうに三溝耕平は言った。

既開田は肩をすくめて手帳を閉じる。さすがの三溝耕平の推理も今回は穴があった、ということか、と既開田は思った。けれども三溝耕平は既開田が手帳を閉じるのをわざわざ待って、そしていたずらっぽく言った。

「ということは単なる伝染病じゃない、やっぱりこれは連続殺人だ」

「何だと……」

「真犯人がいる、意外なね」


かすかにその女の匂いが風上から流れてくると犬彦の鼻はぴくり、と反応した。犬彦は雑踏を搔き分け匂いのした方向に走る。歩道橋の向こう側の人混みの中に匂いの主がいる。

犬彦が女の匂いのついた物を要求したのはあくまでも捜査のためだ。彼の鼻は警察犬並であり、そのことが犬彦という彼の名と何か関わりがあるのかについてはぼくにはわからない。

犬彦は信号を無視して道路に飛び出す。車が急ハンドルを切り彼を避けようとして接触事故を起こすが彼には知ったことではない。犬彦はガードレールを飛び越えると匂いの主を捜した。

するとラッシュアワーの通勤電車のような人混みの中にすっとエアポケットのように人の輪が出来たのに気づく。人の流れと逆方向に人波を泳ぐように搔き分けて輪の中に駆け込む。女が倒れているのが目に飛び込んできた。匂いからして捜していた女であることを犬彦は了解する。

「おい、あんた……どうした」

身体に触れると小刻みに震えている。額に手をやると熱はない。突然、女は四肢を痙攣させた。

「……誰か……救急車、呼んでくれ」

犬彦が叫ぶと雑踏のエアポケットは更に大きくなった。誰一人困っている人には関わりたくないってわけかと納得し、犬彦は痙攣する女の手を握りながら携帯で一一九番を押した。

女が運ばれてきたのはさつきの勤務する聖バシレイオス大学付属病院であった。同病院は臓器移植用のフレッシュな死体を常に求めて止まなかったから、新宿や代々木周辺の救急患者はことごとく運ばれてくるのだ。

救急治療室の入り口がある地下駐車場でさつきは待っていた。救急車からの無線で急患を運び込むと連絡があったのだ。ところが飛び込んできた救急車の後部扉から最初に飛び降りてきたのは犬彦であった。

「あら……犬山さん……どうしてここに」

「犬彦だっ！　わざと間違えるな」

犬彦はさつきを怒鳴りつける。別にわざと間違えたんじゃなくてさつきは人の名前を覚えるのがひどく苦手なのだ。

続いて患者が降ろされる。ストレッチャーごと治療室に続く廊下へと送る。救急隊員が病状を手短に告げる。気道確保、ジアゼパム一〇パーセント静注、といった声が飛び交う。

犬彦もついてくる。

「あなたのガールフレンドか何か？」

さつきは機嫌をとるように言う。

「ちがう……容疑者だ」

犬彦はぶっきらぼうに答える。

「え……」

さつきは思わず犬彦の方を振り返る。

「……まさか……例の」

「そうだ連続殺人の容疑者だ」

「でも、助けたってあれだけ殺してたら死刑だよ……」

「だったら助けてから死刑にすりゃいい。助けなかったら裁判もできねえ……裁判できなかったら死刑にもできねえ。さっさと助けろ」

「わ……わかったわよ……」

釈然としないままさつきは救急治療室に駆け込んだ。

「応急処置を終えて今、精密検査しているところ」

救急治療室から出てきたさつきは犬彦に言った。

「どうなるんだ……」

「痙攣だけでなく意識障害がある……脳に何か損傷があるみたい。今、ＣＴスキャンで脳の検査をしているけど脳の器質障害が原因だと心神喪失になっちゃって有罪には出来ないよ」

「そんなの調書に書かなきゃいいんだ」

平然と犬彦は言う。

「むちゃくちゃね」

「何とでも言え……せっかく久しぶりの猟奇殺人の犯人なんだ……何が何でもちゃんと逮捕してやるんだ」

犬彦はむきになって言う。

「ああ、そうだ」

さつきは思い出したように言う。

「一応、耕平にも連絡しといた。犬村さんが犯人だって言って女の人連れてきたって伝えといたわ……」

「犬彦だっ。何て余計なことしてくれるんだ、この女！」

「この女じゃないもん、さつきって名前だもん。覚えなさいよっ、犬下さん」

「そんなセリフは人の名前をちゃんと覚えてから言え！」

犬彦は怒りの余り全力疾走した犬のようにゼイゼイと息をして言った。

その時である。

廊下の奥できゃー、と悲鳴が上がった。ＣＴスキャン室と書かれた扉が半開きになっている。

犬彦とさつきが駆け込む。

シンガポール人の研修医が倒れている。

「だ……大丈夫？」

さつきが抱き起こす。

「あの女、いきなり後ろから……CTスキャンのモニターを見てたんで気がつかなくて……」

そう言ってモニターを指さす。

さつきの目はモニターに釘づけになる。

「脳が……海綿状になってる……」

モニターの中の脳の断面図には黒い染みが無数に散っている。

「そう……まるでスポンジみたい……プリオン病の末期症状みたいだ。それで精神に変調をきたしているのかもしれない……」

シンガポール人の研修医は頭を押さえて言った。

「おかしい」

犬彦は釈然としない、といった表情で呟いた。

「え……プリオン病じゃないと思うの……犬……」

「犬彦だ。そうじゃねえ。病気のことなんか俺にわかるか。俺が言っているのは何であの女がそいつに襲いかかったのにそいつは無事なんだってことだ」

「あ……そうか彼女、猟奇殺人犯だもんね……」

さつきは呑気に言う。

「いや順番から言えば今度はあの女が殺される番なんだ……だからその……」

「つまりこの人が何でその女を殺さなかったかって言いたいの」

「まあ、そうだ……」

「あっきれた……そんなこと言ってないでさっさと捕まえなさいよ、そんな危険女。ここ病院なんだよっ、犬川(いぬかわ)さん」

腹が立ったので今度はわざと間違える。

「言われなくたってわかるっ……それに俺は犬彦だっ！」

わめくように言うと犬彦は部屋を飛び出して走りながら鼻をひくつかせる。消毒薬や患者の体臭や、それから病院のどこかに安置してある遺体の死臭が一斉に犬彦の鼻孔に飛び込んでくる。

正直言って苦手な匂いだ。その中からあの女の匂いを捜し出す。

　そして、その方向にダッシュする。犬彦は空気中に漂う彼女の匂いの糸を追っていく。

　女は使用していない手術室に飛び込むとメスを一本、鷲摑みにして非常階段を駆け上っていったようだ。

「ちょっとあたしを置いていかないでよっ！」

　階段の途中でさつきがわめく。

「うるせー、部外者は黙ってろっ！」

　犬彦が怒鳴る。

「部外者ってあたしここの医者だよ……え……とその……」

「犬彦だっ!!」

　二階上から怒鳴る声が聞こえる。

　女は病人とは思えない足取りで階段を駆け上がる。まるで彼女の意志とは違う意志が女の神経系を司（つかさど）っているようにさえ思えた。

　女は一瞬振り返り追ってきた犬彦の姿を確認するような仕草をした。それが犬彦には気にくわなかった。一足先に女が屋上の入り口となる非常用扉を開ける。十秒ほど遅れて犬彦が駆け込んだ。

　犬彦が屋上に立った瞬間、目に入ったのはスプレー缶で噴いたような血飛沫（しぶき）だった。

　女が額に垂直にメスを刺している。

「よかった……あなた日本人ね……」

　女は犬彦の顔を見て恍惚（こうこつ）とした表情で言うと、まるで缶切りでも扱うかのような仕草で器用にメスを頭の回りに一周させた。

　強烈な血の匂いが犬彦の鼻孔を刺激する。

　骨の切れた匂いもした。

「な……なんだあ……」

　さすがの犬彦も目の前の光景に声が出ない。

　女はメスをぽとりと落とす。そしてジャケットのポケットに手を突っ込んでスプーンを取り出すと、やっぱり帽子を脱ぐように片手で頭部をつかんで頭蓋骨をぱかりとはずした。

脳髄がむき出しとなる。

かすかにピンク色に染まってぷにぷにしている。

犬彦の鼻孔が反応する。

血の匂いだ、と身構えたが、それは何故か違うもののように思えた。

「あれ？」

犬彦は不思議に思った。

そんなはずはない。

困惑して犬彦は後ずさりする。

女はにこりと笑うとスプーンを脳髄に突き立て、
そして、プリンのように一掬いする。

「さあ、おいしいよ、プリオンがたっぷり入っているよ」

女の子がボーイフレンドに自分のアイスクリームでもわけてあげるかのように女は言った。

犬彦の鼻孔がひくつく。

「ま……待ってくれ……」

しかし、犬彦の視線はスプーンの上のものに集中する。

何しろそれはとてつもなく美味そうだったのだ。

フランス人が仔牛の脳をソテーして食べるのははっきり言って悪趣味だと思っていたし、第一、白子からうにまで唯一の例外をのぞいてぷにぷにして歯応えのないものを食べる奴の気が知れなかった。犬彦にとっては犬歯で食物を食いちぎる瞬間こそが快楽なのだった。

それなのにごくり、と自分の意志とは関係なく、自分が生唾を飲むのがわかる。

右手が伸びて女のスプーンを勝手に受け取ろうとする。あわてて左手で右手首を鷲摑みにするが右手はもはや彼の意志ではない別の意志に操られているかのようにスプーンを受け取る。

それを待っていたかのように顎が勝手に動いて犬彦の口が大きく開かれる。口腔に向かって右手がスプーンの中のものをゆっくりと運んでいく。

口の中にはおいしいものを期待するかのように唾

がたっぷりと溜まっている。

理性はそれを拒んでいる。しかし、身体は何かに憑かれたようにそれを求めている。

スプーンの中のぷにぷにしたものが唯一例外である好物に見える。

「だ……誰か止めてくれ……」

犬彦は腹の底からしぼり出すようにかろうじて声を上げる。

その瞬間である。

ぱん、と軽やかな銃声がした。

聞き覚えのある銃声である。

スプーンを持つ手が制止すると同時に犬彦の右の大腿部から水鉄砲のようにぴゅーと血が噴き出した。

「……何だあ」

銃声のした方を振り返ると既開田が銃口をこっちに向けている。

そして、その隣には三溝耕平がいて、

「やあ」

と片手を上げた。

その一人だけさわやかな顔を見た瞬間、正気に戻った犬彦の大腿部に激痛が走る。

「なにしやがんだ……撃つなら犯人を撃てよ」

「だって死んでるぜ……もう」

耕平は女を指さす。

女は脳髄をむき出しにして屋上の柵にもたれ掛かるようにして倒れていた。

「それにあの女は正確に言えば犯人じゃないそうだ」

既開田が言う。

「人のこと撃っといてきとーなこと言うなよ既開田のおっさん」

「撃てと言ったのは耕平じゃよ」

既開田は銃を仕舞い平然と言う。

「てめえ、どういうつもりだ耕平っ！」

犬彦は耕平に向かってわめく。

「止めてくれって言ったのはお前だろ」

そう言われて犬彦は返答に詰まる。

「そ……そりゃそうだが……他にやり方があるだろう。もっとやさしく止めるとか……俺はお前のそういうところが嫌いなんだ……」

そう言ってスプーンを床に叩きつける。一瞬、もったいない気がして犬彦はあわてて首を振ると「病院だっ、病院に運んでくれっ！」と怒鳴った。

「ここは病院だけど」

三溝耕平がからかうように言うと犬彦は「お前なんか嫌いだっ！」ともう一度、大声で叫んだ。


犬彦を撃った弾は貫通しており、動脈も傷つけていなかった。傷は二週間ほどで完治するものだ。

さつきがそのことを犬彦に告げると三溝耕平は「さすが既開田さんだ」と笑った。

犬彦はベッドの上で撃たれた足を吊(つる)されてふてくされている。

「何か耕平に聞きたいことがあるんじゃないのかい……事件の真相とか」

既開田は背を向けたままの犬彦に言う。

「俺は三溝耕平と口を利きたくない、一生」

犬彦は憮然として答える。

「とは言え、わしは真相が知りたい。真犯人とは一体、誰なのかね」

既開田は耕平に聞いた。

「遺伝子ですよ」

耕平はさらりと言う。

「……はあ？」

一生口を利かないはずの犬彦が背を向けたままブーイングするように言った。

耕平は続ける。

「最初の被害者は旅行先の東欧の旧ソ連の小国で現地の少数民族の食人儀礼に参加したんじゃないかな。本人がカニバリズムとわかって死者の脳を食べたのか、それともそうとは知らずに食べたのかは今となってはわからないけれど。彼らの民族には遺伝子上の特徴があって、それは食物として自らを摂取させることで感染する。まあ、プリオン病に似ていたものなんだけれど、違うのはそのまま感染相手の遺伝子を書き換えてしまうことだ。あの一帯からの日本への移民は禁じられているから彼らは遺伝子だけでも日本に入国させようと最初の男を儀式に誘ったんだろうな。その証拠に遺伝子は日本人だけを選んで感染させている。その遺伝子とはそもそも彼らのシャーマンの家系に伝わる遺伝子で、多分、脳に変調をきたすことで神がかりになり易かったんじゃないかな。

けれどもここに一つ誤算があった。グルガリア人には先天的にもう一つ遺伝子異常があって、こちらはプリオン感染しないものだ。こちらの遺伝子はプリオン病に似たこの症状の進行を中途で阻止し、つまり死に至らせない。けれどこの抑止する遺伝子を持たない日本人が感染すると劇症化していって二週間で発症、死に至る」

耕平はそこまで言ってちらりと犬彦の方を見る。

「だから遺伝子は自分を保存するために二週間ごとに次の宿主に自分の脳を食わせたってか……信じられるかよ……」

口を利かないはずの犬彦はいきなりこっちを向いて耕平に食ってかかる。

「でも、お前、現に食べようとしてたじゃないか。原理はわからないけれど食わせようと思った相手に精神的に感応して操るんだろうな……なにしろシャーマンの遺伝子だ」

「遺伝子、遺伝子って……どうやって逮捕すりゃいいんだよ……人のせっかくの猟奇殺人をこんなオカルト事件にしやがってもう……」

犬彦は半分、泣きそうな声で叫ぶ。

既開田が苦笑いし、さつきもつられて笑う。

「そういや、これ差し入れだ。忘れてた」

耕平は包みをサイドテーブルの上に置く。

「うんうんわかる」

と何故かどさくさにまぎれてさつきは頷(うなず)いたのだった。

これでお話はおしまい。

とっぴんぱらりのぷう、どっとはらい。

女の子はそう言って立ち上がった。

気がつくと東の空が赤くなっている。ぼくはずいぶんと長い間、彼女と話し込んでしまったみたいだ。

「それじゃあね……」

あかねちゃんは振り返ってぼくに手を振った。

「ちょっと待って、一つだけ教えて」

ぼくは今の話で一つだけ気になっていたことを確かめたくて彼女を呼び止めた。

「なあに？　夜が明けたらお話はしちゃいけないのがこの街の決まりなのよ」

「そう言わずに一つだけ。あのさ、ガリレオが福山

「……き……気がきくな……おまえにしちゃ。何持ってきた」

「モロゾフのプリンだ。だってお前、好物だったろ」

にこやかに三溝耕平は言う。

確かにそれは犬彦にとってぷにぷにしたものの中では唯一の例外だったものだ。しかしそれはもはや過去形であった。犬彦の脳裏にあのスプーンの上のぷにぷにした脳髄がよみがえる。

「おまえ、それ、いやがらせとか、悪意とかじゃなくてやってんだよな」

耕平はきょとんとした顔で犬彦を見る。

「PKOであっちにいた時、いつも食いたい食いたいって言ってたろ？」

無邪気に耕平は言う。

「俺はなあ、お前のそういう優しくない優しさが嫌いなんだよ！」

犬彦が叫ぶ。

さつきに最初に渡した紙切れがあったでしょ？　君が横取りしちゃった……あれは一体何だったの？」

　あかねちゃんはぼくの問いに何故か満面に笑みを浮かべて、こう答えた。

「あれはさつきの遺伝子情報。十七番遺伝子の文字配列が一ヵ所だけフッーの女の子とは違うの」

「それが違うと……どう困るの？」

「男運が悪いの。つまりあの女の男運の悪さは一生治んないってわけ」

　死ぬほど嬉しそうにそう言うとあかねちゃんは仔猫のように走り去ってそこだけまだ朝の訪れていない路地の奥の闇の中に消えていった。

さっき
会ったんだ
リヴァイアサン
終末を過ぎた獣
#5
夢の中でね

これは
恐怖を再生し結合するための箱庭です
あのさ
道のむこうって……
前からあんなんだっけ……？

知りたいかい？
……嘘だよね
これが最後の警告です
あなたの義務を果たしなさい
終末の獣の化身
リヴァイアサン

あたしは時々、空を飛ぶ。

幽体離脱って奴だ。死ぬほど、つらいことがあると、こんなつらい目にあっているのは実はあたしじゃない、とあたしは考える。

理屈には全くあっていないけれど。

子供の頃からの癖であたしはそうやって割と気軽に現実逃避する女の子だった。

今つらい目にあっているのはあたしじゃない、とあたしが念じるとあたしはふわりと宙に浮く。するとあたしはあたしの身体を眼下に見下ろしている。頭がこつんと軽く天井に触れる。部屋の中で手が離された風船はきっとこんな気分なんだろうと、たった今逃げてきた現実とは違うことを思うとちょっとだけ気分が軽くなる。そして泣いたりわめいたり誰かと言い争ったり放心していたり、そんなみっともないあたしを軽蔑したように見る余裕があたしの中に生まれる。

さっきまでのあたしは同居人の隣にうずくまっている。三溝耕平が辺境から戻ってこない間の孤独に耐え兼ねてあたしが引っぱり込んでしまったあたしの今の男。

うずくまるあたしに背中を見せたまま呪文のようにそいつは壁に向かって何かを呟いている。フローリングの床には向精神薬が何百粒とばらまかれている。セルシン、ワイパックス、デパス、ベゲタミンA、ルジオミール……あたしが男に言われるままに研修先の病院の薬局から持ち出した抗不安剤や抗鬱剤だ。その中には日本製の薬だけではなく、妙に大ぶりのカプセルやタブレットが同じくらいの割合で混ざっている。そっちの方はあたしの同居人がインターネットのあやし気なサイトで仕入れてきた国内未認可の向精神薬や合法ドラッグの類だと一目でわかる。

眠れないと言っては睡眠薬を、身体がだるいと言っては抗鬱剤を、頭がすっきりしないと言ってはスマート・ドラッグを男はまるでジャンクフードのようにむさぼるのだ。彼がそんなふうに心身の不調を訴えるきっかけはいつだって三溝耕平への嫉妬だ。三溝耕平と会った日に家に戻ると決まって男はあたしの目の前でこれ見よがしに薬を飲む。何故だか男はそういう勘は妙に鋭い。自殺しようとするのではない、君が男と会ってぼくの心を傷つけたのでぼくはそれを癒してるんだというのが男の主張で、要するにただの当てつけだ。

いっそ髪の毛を鷲掴みにして張り倒してでもしてくれた方がどれほどましなことか。けれども男はひたすら自分が傷ついていることをくどくどと言い立てる。他人を傷つけるよりも自分が傷つく方がはるかに甘美だと男は知っているのだ。だから、まるで傷ついていることが彼のアイデンティティのようでもあり、ぼくはアダルトチルドレンなんだ、というのが彼の口癖だ。インターネット出身の小説家が自慢気に語るありふれた過去を主張してやまない男は、ぼくは母親に優しくされなくてね、君に冷たくされるとそのことを思い出す、と恨めしそうにあたしを見る。

ああ、鬱陶しい。

優しくされたいのは本当はあたしの方だ。

けれどもあたしはどうやって優しくされればいいのかよくわからない。

あたしの母親は幼いあたしの頰を腫れ上がらない程度の強さで、けれども自分の苛立ちが鎮まるまでぴしゃりぴしゃりと掌で叩き続けるような人だった。その間、あたしは泣いても怒っても許しを乞うてもだめで、ただ無言で耐え続けなければならなかった。それがあたしと母の間にいつのまにか出来上がったルールで、幼いあたしがその仕打ちに耐えられたのはこの幽体離脱の特技のおかげだ。

今、母に叩かれているあたしはあたしじゃない。そう思った瞬間、ふわりとあたしの身体は浮く。心だけでなく身体も軽くなるのだ。

そして置いてけぼりにしてきたあたしを見下ろして「かわいそうなあたし」と呟き、憐れむだけの余裕が生まれるのだ。

小さかった頃は「かわいそうなあたし」を置き去りにしてあたしはしばしば外に遊びに行った。風に流されて空を漂うこともできたし、必死になって両手を振り回すと水の中ほどうまくはいかないけれど、どうにか舵取りや方向転換もできた。校庭に残って遊んでいる友達に加わってドッジボールをしたこともあったけれど何しろ幽体離脱をしているのだから姿は見えないし、ボールは身体を素通りする。

ところが本当に稀にだけどあたしのいる方向を不思議そうに見つめる子がいた。

多分、座敷童とかトトロとか妖精とかを見ちゃうタイプの子なんだと思う。そういう子はそういう子で大変なんだろうな、と小さいあたしはけっこう気が回るタイプだったので同情したりもした。

けれども考えてもみれば近頃は外に出たことがなかった。男が恒例のアダルトチルドレンごっこをねちねちと始めるとあたしはさっさと幽体離脱してそのまま部屋の天井近くに漂って寝入ってしまうのだ。

目が覚めた時にはあたしは元の身体に戻っている。だからあれは多分、夢なんだとあたしは冷静に考えることができる。その時にはそういう冷静さをとり戻している。

大人だから。

でも今日は幽体離脱しても何だか心がすっきりしなかった。「かわいそうなあたし」を束の間、置き去りにするだけでは癒されないほどあたしは男との暮らしに疲れていたのかもしれない。

なんてね。

だからあたしは不意に思ったのだ。

——そうだ三溝耕平の家を覗いてやれ。

そう思った瞬間、あたしの心は身体と同じくらい軽くなった。

幽体なんだから軽いのは当たり前だけれど。

あたしの身体はすっとマンションの天井を抜ける。そして次の瞬間には屋上の給水タンクの上に立っていた。

空を見上げると水槽の中に黒インクを流し込んで作った古典的な特撮みたいな雲が、早送りのフィルムのようなスピードで一方向に流れていく。あの高さまで上がっていったら流されちゃうから気をつけよう、とあたしはこんな時でも慎重になって、それからそっと爪先でタンクを蹴った。

ふわり、とあたしの身体は宙に浮く。南新宿の街が足許に広がった。

あたしのマンションから三溝耕平の診療所まで歩いて十分ほど。漂ってだったら何分なのかしら、なんて考えているうちにあたしはあの三溝心霊外科と書かれた悪趣味なネオンサインの前に浮かんでいた。患者じゃなくってこの世のものでないものを蛾みたいに呼び寄せる原因なんじゃないかって密かに思っているあの、キャバクラみたいな看板だ。でもこの前にいるってことはあたしもこれに引き寄せられたってわけ、と思うとちょっとだけ傷付いたんだけどね。

開けっ放しの窓から中を覗くと部屋の照明は消えていて三溝耕平の姿はない。こんな夜中にどこを歩いているんだろう、と思って引き返そうとするとピンクのネオンサインに照らし出されて、床にあかねが一年中着ているレインコートやマフラーが——それからパンツまでもが点々と脱ぎ捨ててあるのに気づいてあたしは嫌な予感がした。何故ってパンツが脱ぎ捨ててある先には浴室のドアがあって、そこには三溝耕平のコートやズボンが籠の中に放り込まれている。そして半開きになったドアからは明かりが洩れている。

どういうこと？

あたしは自分の男の浮気現場に出くわしたような気分になって、幽体にもかかわらず思いきり床をどんどんと踏みならしながら——もちろん気分の上でだけどね——浴室の中に入っていった。これって本当に音がしたらポルターガイストってことになるのかしら、なんてちょっと思いながら。

何故かこのアパートに備え付けの浴槽はヨーロッパ映画に出てくるような猫足のバスタブで、あたしは結構前から気に入ってたんだけど、耕平とつき合ってた時だって二人で入ったことなんかなかった。

それなのに耕平ときたらあかねと二人でのんびりとバスタブに浸かっているのだ。

けれども怒る前にあたしは初めて見る三溝耕平の今の身体にとまどってしまった。

五人が行方不明となり一人の男として戻ってきた三溝耕平の身体はあたしが知っている彼の身体とはやっぱり全く違っていた。異なる五人分の人間の肌と筋肉がまるでグラデーションのように融けあっていて、あたしはフランケンシュタインの怪物みたいに縫い目でもあるのかと思っていたからそれはちょっと意外だった。

そしてやっぱり今の耕平は昔の耕平じゃないと思うとちょっとだけ悲しかった。

それなのに耕平ときたらすっかりバスタブの中でくつろいでいて、あかねはあかねでバスタブのお湯にお風呂用の玩具を浮かべて遊んでいるのだ。全く口先だけは一人前だけどやっぱり子供ね。

でもうらやましかった。

あたしは仲間はずれにされた気分になってバスタブのへりに腰掛けて三溝耕平に恨めしそうに呟くのだ。

「なにさ……あたしとは一緒に入ってくれなかったくせに」

けれど三溝耕平は答えてくれない。今のあたしは幽体なんだから当たり前なんだけど。それでもあたしはちょっとだけがっかりした。三溝耕平は小さい頃幽体のあたしに気がついてくれた、トトロを見ちゃうタイプの男の子だったんじゃないかってどこかで期待していたんだと思う。

なのに耕平ときたらあたしが裸で（言い忘れたけど幽体のあたしはお洋服はそのまま「かわいそうなあたし」のところに置いてきちゃうのね）目の前に座っているっていうのにあたしを見てもくれない。

「あなたって心がきれいな子供じゃなかったのね」

あたしは片足を上げて正面にいる耕平の鼻を爪先で突っつく。考えてみれば結構はしたない格好だけれど、どうせ見えやしないんだもん。

やっぱり無反応。

ふう、とあたしはため息をつく。

そして、お風呂に浮かべたアヒルさんやらカエルさんを水鉄砲で攻撃することに熱心なあかねの奴を足で蹴とばしてやる。あたしの裸は見えないのにあかねの裸は耕平に見えていることさえ心の狭いあたしには腹立たしいのだ。

「こら……あかね……あんたもあんたよ、耕平がロリコンになったらどーすんのさ」

今度は三回、頭を小突く。

結構力を入れて。

するとあかねは何故か顔をしかめ、ちらりとあたしを睨んだのだ。

何なの？

あんたの方がトトロが見えるタイプだったわけ。

あかねはあたしにだけ見えるように微かに冷笑する。

ムカつく。

それなのに三溝耕平ときたら、

「どうした？　何かいるのかい」

と、あかねが睨んでいるあたしのいる方向を怪訝そうに一瞥するだけだ。

耕平があたしに気づかないことに満足そうにあかねは微笑むと「ナメクジ」と一言いって、水鉄砲であたしに水をかける。

　そしてあたしに聞かせるようにもう一度言う。

「さつきに似たナメクジ」

なにそれ？

「ふーん」

　耕平は関心なさそうに言う。

　あたしはもうやってられないわ、という気になってあかねをげんこつでけっこう力を入れてもう一度小突くとさっさとその場を立ち去ることにした。

　あたしってけっこう幼児虐待するタイプなのよね。

　あたしは憮然とした気分であかねと耕平がいちゃついている風呂場の窓を飛び出して思い切り高く浮き上がる。そして空の上から耕平のアパートを見下ろす。三本の線路が交わる三角地帯にぽつりと建つその奇妙な立地が上から見ると改めてはっきりとわかる。踏切を渡るかガードレールをくぐるかしなければそこにはたどり着けない変なアパート。耕平は冗談めかして結界だなんて言っていたけれど確かにそれは世界から切り離された場所のように思えた。

　そう、まるで世界が終わってしまっても、あの小さなトライアングルの中だけはそんなことに気づかずに呑気にお風呂に入っていられるような、秘密の場所。

　あたしはその楽園から疎外されちゃったけどね、といじけた気持ちでアパートのあるあたりを見下ろす。

　するとあたしは足許に広がる風景がどこかいつもと違うことに気がつく。

　いつもと言っても地上から見た光景とは印象が違うのは当然で、あたしが言っているのはそういうことではない。

　三角形の中に三溝耕平のアパートは相変わらずある。

けれどもその外側にあるはずの代々木一帯の街並みの印象が異なるのだ。不思議なことに一帯はそっくり廃墟と化しているのだ。

まるで何年も前に大地震か戦争でもあってそのまま放置されたように崩れ落ちた建物がうっすらと月明かりに照らし出されている。

でもあたしは別に驚かなかった。

だってこれは夢なのだ。

きっとあたしの悲しい気持ちの反映ってやつなのね、と納得してますます自分が可哀想になったりした。

あたしは眼下に広がる廃墟をしげしげと観察する。するとビルや街路樹が整然と一つの方向になぎ倒されていることにあたしは気づいた。

――まるで大きな爆発でもあったみたい……ビルがこっちに向かってみんな倒れているから……爆心地は……。

そう呟いて、あたしが見上げた方向は多分、丸の内の方角だった。あそこに隕石でも落ちたのかしら。

あたしは好奇心をかき立てられる。

行ってみようか、とふと考え、上空の強い風に乗ったら行けるかしら、と空を見上げて、あたしは思わず見とれた。

綺麗。

そこにはまるで魚群のような何百もの幽体が漂っていた。それが列を乱さず一つの方向に流れていくのだ。彼らは青白くほのかな光――多分、人魂ってこんな色なんだろう――を放ちながら一つの意志に従うように何だかひどく健気に宙を泳いでいるようにも思えた。

彼らが向かうのは「爆心地」の方角だ。

そう思った瞬間、あたしは不意に焦燥する。

――あたしも急いで行かなくちゃ。

それは好奇心からではなかった。何かに呼ばれているような気持ちになって、いてもたってもいられなくなり、早く群に近づこうとあたしは身体を浮かせた。

それはちょうど空に向かって身投げする気分に似ていたかもしれない。

だから次の瞬間、誰かに手をつかまれ引き戻された時、あたしはまるで自殺を止められた子供のように安堵した。

「君はそっちに行くにはまだ早すぎる」

あたしの耳許であたしを引き止めた者の声がした。


そこであたしは目を覚ました。

けれども目覚めたのはあたしが男と「かわいそうなあたし」を置き去りにしてきたあの部屋ではなかった。

あたしが勤める病院の地下六階にあるオンコール・ルーム——仮眠室だった。三畳ほどのスペースに二段ベッドとスチールの机がつめ込まれた当直医用の仮眠スペース。

あたしの顔を心配そうに検死医のアナスタシアが覗き込んでいる。

「大丈夫、さつき」

アナスタシアの左手に棲みついた人面疽のキャスパーが無表情のアナスタシアに代わって心配そうに覗き込む。

「何……？　誰か死んだ……？」

「なに言ってるの……もうお昼だぜ、さつき」

キャスパーが言う。

「えっ……まずい……あたし、今日から新しい診療プログラムのチームに参加しなきゃいけないのに」

あたしは慌てて飛び起きて鏡を覗き込む。髪はぼさぼさだしお化粧もしていないけど、ま、いいか、とあたしは投げやりな気持ちで睡眠不足でちょっと顔のむくんだあたしの顔を見た。近頃のあたしは女を捨てかけている気が自分でもする。

そしてようやく思い出す。

夜勤明けで男が待っている部屋に戻るのがいやで、どうせ帰ってもお昼からまた仕事なんだし、とそのまま仮眠室で眠ってしまったのだった。

　あたしは着っぱなしのまま寝てしまった白衣の襟を摘んで鼻先に近づける。二日、お風呂に入っていないのが気になって、三溝耕平のバスルームに侵入する夢なんか見たのかもしれない。

　多分、臭ってはいない。パンツは変えてないけれど。

　あたしは少しほっとして、目ヤニを指で掻き出して顔を洗ったことにしてしまう。

「あーあ、女の子のすることかよ」

　キャスパーに言われる筋合いのないあたしは「うるさいよ、あんた」と言い返す。

　するとくすり、と誰かが笑う気配がした。

　慌てて振り返るとドアの入り口に白衣の男が立っていた。

　そしてはしたないことにあたしは男の顔をしげしげと、というよりはうっとりと見つめてしまったのだ。

　金髪の美少年がそのまま大人になったような――こんなことを言ったら笑われるかもしれないけれども萩尾望都の『ポーの一族』に出てきたエドガーの時が止まらないで成長したようなそれは美しい男が立っていたのだ。

　あたしはあせって白衣の胸元とかスカートの裾の乱れを直す。

「もう遅いって、さっき……みんな見られたぜ」

　キャスパーに言われてあたしは赤面する。

「あ……あのこちらは？」

　仕方なくあたしはその場をとり繕うように言う。

「あなたの新しい上司よ……プロジェクトのリーダー。あなたが集合時間になっても現れないので多分、ここなんじゃないかってお連れしたの」

　アナスタシアが事もなげに言う。

「紹介するわ……うちの病院にＮＧＯから派遣され

たドクター・ユング・フロイド」

　あたしは人を喰ったような男の名前さえ気にならないほど動転していて「福山さつきです、よろしく」とどきどきしながら頭を下げた。

「こちらこそ」

　ドクターは微笑を浮かべ手を差し出した。

「あれ……」

　あたしはその声の響きに確かに聞き覚えがあって、ドクターの顔をもう一度、しげしげと見つめてしまった。

「さつき、いくら美形だからってそんなに堂々と見つめたら失礼だよ……」

　キャスパーがあたしをたしなめるように言う。

「ちがうの、あの、さっき……その」

　あたしはどう説明していいのかわからなくなってしどろもどろになる。

「さっき会ったんだよね、ぼくたち」

　ドクターが助け舟を出してくれる。

「え、知り合いなんだ……さつきも隅におけないな」

　キャスパーが素っ頓狂な声を出す。

「ええ、夢の中でね」

　ドクターがあんまり自然に言ったのであたしはどう返事をしていいのかわからなかった。でも、本当はあれって運命の人に出会える予知夢だったんじゃないかって勝手なことを心の奥底でちらりとは思っていたんだけれど。

　ドクター・ユング・フロイド（改めて冷静になって考えてみるとこの名前は相当、キテレツだ）はＮＧＯから派遣されてきた精神科医で、ＰＴＳＤの治療の第一人者らしい。ＰＴＳＤ、つまり心的外傷後ストレス障害とは精神的外傷の後遺症のことで大地震などの災害後に顕著に見られる神経症である。アダルトチルドレンよりはもっと新しい精神医学の流行だ。ドクターの所属するNGOは災害が起きるとその直後に現地に乗り込み生存者のPTSDのカウンセリングを行う緊急医療組織で、何故、災害後でもないこの街に派遣されてきたのかというと、実はあたしの勤める病院の患者の中にPTSDとしか思えない患者が大量発生していたからである。

あたしはドクターと、それからあたしとともにプロジェクトに加わる研修医たちを案内して精神科の病棟に入った。今時、例外的ともいえる閉鎖病棟で、パスワードの必要な鉄の扉を三つ通過しないとそこにはたどり着けなかった。

特別、人に危害を加えるような類のサイコサスペンスにありがちな患者は一人もいないのに何故、そんなに厳重なのかあたしにはわからなかった。それはまるで重症のPTSDの患者たちを世間から隔離しているように思えた。もちろん研修医のあたしがそんなことを口にできるはずはないから黙ってはいたけれど。

ドクターは病棟の一角のミーティングルームにあたしたちを集めさっそく症例の検討に入る。TVモニターの中には患者をカウンセリングした時のビデオテープが映し出されている。ドクターはそれをちらりと見ただけで該当するカルテを抜き取ると読み上げる。

「慢性的な抑鬱、引き籠り、いつも脅えていて大きな音がするとパニックに陥る、常に緊張していて、眠れずに動悸がする、離人体験——」

離人体験というところであたしは自分のことを言われたような気がしてどきりとする。幽体離脱とは精神疾患の分類マニュアルDSM-IVでは離人症性障害に分類される立派な精神医学上の症例だ。

「絵に描いたようなPTSDの症状だね……他の患者もみなこんな感じ?」

「ええ……症状の軽重はあれPTSDと思われる傾向の住民は推定ですがこの地区内の住民の約三〇パ

ーセントに達すると思われます」

あたしは動揺を悟られないように無理に微笑を作ってドクターに報告する。しかしそれは異常な数字だと言えた。病院に収容されたり通院しているのはほんのわずかだ。たいていはあたしの男とあたしのように家族や身内といった閉じた関係の中にＰＴＳＤの症状は隠蔽されてしまうがこの街の住人の三分の一は何らかの形でＰＴＳＤなのだ。

「知っているかい？　ベトナム戦争の帰還兵のＰＴＳＤの発症率も約三〇パーセントだ」

ドクターはまるであたしの反応を確かめるようにあたしの目を見て言った。

研修医であるあたしは口頭試問をされているような気持ちになってカルテにもう一度、目を通しながらドクターに答える。

「確かにＰＴＳＤの原因は処理能力を超えた体験がもたらすトラウマでレイプのような個人的な体験だけでなく戦争や大地震のような巨大災害後に顕著に見られます。実際、この患者の症状もＰＴＳＤの概念の基本といわれた第一次世界大戦で戦闘に参加した兵士に見られたシェルショック——戦争神経症と酷似しています。けれども……」

あたしは研修医の身でプロジェクトのリーダーに反論していいのかためらって口ごもる。

「戦争も大地震もどちらも東京では起きていないい？」

「ええ、旧世紀の終わる少し前に関西で大地震があったり、それから東京の地下鉄で宗教団体のテロが起きてその時以来ＰＴＳＤ患者のケアが社会問題化しましたが、いずれもこの地区は直接の被害を受けていません。それにこの地区のＰＴＳＤ患者はむしろ西暦二〇〇〇年に入って急激に増え出していますから二つの事件との関わりはその点でも否定できます」

あたしはなるべく論理的に、そしてドクターの反感を買わないように答える。

「それでは君は原因はなんだと考える？」

「それは……やっぱりあの幼児期に於ける虐待とか……」

あたしはそう答えながら、自称アダルトチルドレンのあたしの男を思い出して、全然これって答えになっていないよね、と自分でも思った。この街の人口の三割がママから虐待されていたっていうのはちょっと考えにくい。

答えあぐねているあたしをドクターが何故か少しだけ憐れむような顔で見つめるのが気になった。バカだと思われたらやだな、とあたしはその時、全く見当違いのことを思っていたんだけどさ。

ドクターは微笑するとカルテに添付された患者の脳をCTスキャンした写真をライトテーブルに置いた。

それからiマックを操作して、どこかから同じようなCTスキャンの画像をダウンロードしてきた。

あたしはドクターに促されマックのモニターを覗き込む。

「見てごらん……これが幼児期に虐待を受けてPTSDになった患者の脳だ……海馬が未発達だろう？幼児期に於ける虐待が海馬の正常な発達を阻害している。ところが、君たちの患者の海馬は正常に発達している」

確かに二つの画像の海馬の大きさは明らかに違った。初めて聞く説だったけれど海馬は本能や欲求、自律神経を司るわけだからそれが未発達の場合は神経症的な症状が顕在化することは理屈では間違ってはいない。

「つまりこの患者に関しては幼児期の虐待は否定される」

ドクターは模範解答を示すように言う。

「だったら……レイプとか……交通事故とか……」

あたしはPTSDの原因とされるものについての医学的な知識を口にするが、もちろんそれでこの地区の住民たちに多発するPTSDの理由が説明できるとは思えなかった。

「すいません……あたしにはわかりません……」

あたしは降参する。

「では調べてみましょう」

ドクターは事もなげに言う。


ドクターはあたしに患者の一人をカウンセリングルームに連れてくるように命じた。四十代半ばのサラリーマン。不眠を訴えて来院したのがきっかけでPTSDと診断された。

患者の前の机には四十五センチ角の箱庭が置かれている。箱庭療法と呼ばれる心理カウンセリングに用いられる道具だ。中は白い砂で満たされている。普通の箱庭療法の箱庭と何ら変わりはない。

患者はさっきから箱庭をじっと見つめたままだ。

「あ……あの何でも思いつくイメージを作ってみて下さい」

あたしは静止して身動き一つしない患者を促す。

本当はこんなふうに患者を急してはいけないのだけれど、あたしはこのカウンセリングルームを支配する沈黙に耐えられなかったのだ。

それは妙な譬えになってしまうけれど見知らぬ人の葬儀に迷い込んでしまったようないたたまれなさに似ていた。

そんな経験はないけれど。

「さあ……恐怖と向かい合う勇気を持って下さい」

ドクターは優しいけれど決して抗うことを許さないように言うと患者の右手をつかみ、砂の上に置く。これもカウンセリングのセオリーに全く反している。カウンセラーは患者に何かを強制してはいけないのだ。

患者は、しかし震える指で、まるでもがくように砂をつかんだ。そして突然、憑かれたように箱の中央を横切る形で砂をかき分けていく。箱を横断する溝がすぐに出来上がる。箱の中央に川を作り世界を二分割するのは箱庭の被験者が示すごく当たり前の反応だ。

あたしはちょっと不謹慎かもしれないが、がっかりしたのも事実だ。何しろ原因不明のPTSDの患者なのだ。もっと見たこともないような反応をするに違いないとどこかで期待していたのだ。

けれども患者は一心に砂をかき分け川を作る。その両岸は善と悪とか、自己と自我とか対立する人の心の内を象徴することになっている。どちらが善でどちらが悪かは川の両岸に配置される人や動物のミニチュアによって表現される。

川を作り終えた患者は子供の人形を手にとって躊躇(ちゅうちょ)している。多分、それは患者自身を象徴するものなのだろう。

それを左右の岸のどちらに置くのかを患者は迷っている様子だった。そして意を決したように患者は「私」の象徴である人形を左右の岸のいずれかの側でもなく砂をえぐって作られた川の中にぽとんと落としたのだ。


「よろしい……」

ドクターはその選択に満足そうに呟いた。

すると突然、患者の全身が震え出した。PTSDの発作である。

「……大丈夫ですか」

あたしは思わず患者に駆け寄る。

「手を出してはいけません」

ドクターは制止する。

「……でも……」

「今、彼は恐怖と向かい合っているのです……彼自身がなかったことにしてしまっている恐怖と……」

「恐怖？」

「ええ……彼が箱庭の中に表現したものです……箱庭の中をよく御覧なさい」

ドクターにそう言われてあたしは初めて気がついた。

真っ白な砂をたくわえている箱庭の中央に作られた川が真っ赤であることに。

患者はその赤い川に呑み込まれた自分自身を見つめて震えているのだ。

「ドクター・ユング・フロイド……」

あたしは初めて、その奇妙な名前を省略せずに呼んだ。

「この箱庭は……一体？」

通常の箱庭は箱の底が空色に塗られている。被験者が砂を掘り起こすと底に青が現れて、それで川や池や海を表現できるようになっている。けれどこの箱庭の底は血のような赤で塗られているのだ。だから川を作ればそれは赤い川となる。その意図があたしには理解できなかったのだ。

「これは恐怖を再生し、統合するための箱庭です……」

ドクターはそう言って次の患者を連れてくるようにあたしに命じた。

PTSDは戦争や親の虐待やレイプや、とにかく個人が受けとめられないほどの体験に遭遇した時に発症する。体験を一つの全体として受けとめられれば人は困難を乗り越えられるが、処理能力をはるかに超えた体験はバラバラの断片となって記憶の中に保存される。それを言語化したり、映画のフィルムを逆回しするように順番を逆にして一つずつ思い出していってバラバラになった記憶を一つの意味のあるものにまとめあげることで受けとめ克服する、というのがPTSDの一般的なカウンセリング方法だ。

ドクター・ユング・フロイドの箱庭はそれと原理は同じだが、かなり強制的に患者にこの作業を行わせるもののように思えた。

だが、それよりもあたしをより困惑させたのは患者たちの「再生された記憶」のほうだ。

赤い川を作った男は「これは血の河で、自分はたくさんの死体とそこを流れていく」と語った。別の患者は赤い色を炎に見立て、その中央に自分と彼の家族の人数分の人形を置いて「一家は炎に包まれて死んだ」と語った。患者たちは次々と死の記憶を箱庭によって再生していった。それなのにカウンセリングが終了すると患者はそんなことを語ったという事実さえすっかり忘れてしまい晴れ晴れとした顔でカウンセリングルームから出ていくのだ。

あたしは狐につままれた気分になってテーブルの上に残された赤い箱庭を覗き込む。そして自分でも奇妙な考えが頭に浮かんでしまい、ついドクターに尋ねてしまうのだ。

「……これは彼らの現実の体験なんですか……」

「どうして……？」

「だって、何百人も血の河を流れていくとか、一家が家に閉じ込められて焼死するとか……そんな大災害は東京では起きていないし……第一、本人たちはちゃんと生きているじゃないですか……だからその……」

あたしは言い淀む。

「言ってごらん……君の意見を」

ドクターに促されてあたしは後悔した。それはあまりにばかげた思いつきだったからだ。しかし行きがかり上、答えないわけにはいかない。

「あの……もしかして前世の記憶……とか……」

言った後で更に後悔した。アメリカのちょっといかがわしいカウンセラーたちによって、記憶を幼児期にまで遡る退行療法をかなり極端にした前世療法なるものが流行したことをあたしはどこかで読んだことがあった。

関東大震災とか、東京大空襲とか、そんな過去にたくさんの人が亡くなった出来事を生まれ変わった後も記憶しているんじゃないか、とふと考えたのだ。同時期に大量死した人々が同時期に一斉に生まれ変わってきた……その結果、前世から心の傷をもち引きずってきた。

あたしは半分、やけくそになってあたしの思いつきを早口でまくしたてた。早口で喋れば恥をかいている時間も少なくてすむという単純な理由だ。

あたしは最後まで喋り切ってもうこれ以上話すことがなくなると、却っていたたまれなくなった。一笑に付されると思ったのにドクター・ユング・フロイドは「悪くない仮説だね」と言ったのであたしはますます鬱な気分になったのだ。

そして、ここで大恥をかいているのはあたしじゃない、とあたしはあたしに言いきかせた。するとあたしの身体はふわりと浮かんだ。近頃のあたしは何だかだらしないほどすぐに幽体離脱してしまうみたい。

ドクター・ユング・フロイドの前で泣きそうな顔をしている「かわいそうなあたし」を残したまま、あたしはその場から逃亡することにした。

あたしは病院の中庭に漂い出た。

すると、三溝耕平が菜々山先生の車椅子を押している姿にあたしは気づいた。菜々山先生はあたしと三溝耕平の共通の先生で南北朝鮮統一のきっかけとなった去年の朝鮮半島の有事で毒ガスを浴びて、失明していた。その時の後遺症でうちの病院に入院している。考えてみれば先生こそＰＴＳＤを発症したっておかしくないのに先生はいつも冷静沈着だ。

そんなことよりあたしは三溝耕平があたしに内緒で先生に会いに来ているのが許せなかった。あたしは昔の男でしかない三溝耕平になんだってこんなに嫉妬深いのか、自分でも嫌な子だな、と思うけれど、とにかく幼女だろうが老女だろうが耕平と女があたしの知らないところで二人っきりでいるのが許せないのだ。

耕平は菜々山先生の耳許で何かを囁いている。それはまかり間違っても愛の言葉ではないということも、戦争で片方の耳の聴力を失った先生に話しかけるにはそうした方が都合がいいということもわかっていたけれど、あたしはやっぱり気に入らなくて、二人の近くに舞い降りた。

「どうです？　ドクター・ユング・フロイドの様子

は？」

「研修医たちの話では名医は名医ね……赤い箱庭で患者の恐怖を再現すると、まるで夢から醒めたように病状は治まるそうよ……」

「夢から醒めたように……ですか」

　耕平と菜々山先生が交わしていたのは意外にもドクター・ユング・フロイドの噂話だった。なんで二人がそんなことに関心を持つのか少しだけ気になって菜々山先生に更に近づくと、まるであたしが見えているかのように先生のサングラスの向こうの目があたしの動きを追うのがわかった。

　あたしはぎくりとして後ずさりする。

　すると次の瞬間にはまるでゴムの紐に引っ張られるようにあたしはカウンセリングルームのあたしの身体にすとんと戻っていた。

　ドクターの姿はもうなくて、部屋に残っているのはあたし一人だったけれど菜々山先生に見つかった時の動悸がまだ続いていた。

　そして先生はトトロどころか魑魅魍魎だって見えちゃうタイプなんだろうな、と妙に納得した
　生身のあたしは家路を急いでいる。ていうか、急いでいるっていうのはあくまで慣用句であってあたしの足どりはひどく重い。それに第一、あたしの足はあたしのマンションの方角を向いていない。

　今晩、家に戻らないと三日、お風呂に入らないことになってそれは本当に女の子であることを放棄することに等しいし、あたしの今の男ときたらあたしが戻って目の前に食べ物を置いてやらない限り向精神薬以外は自分では何も口にしようとしない奴だから、さすがに四十八時間も放っておくと気になった。

　優しい子ね、さっき、とあたしはあたしを誉めてあげる。

　それでも何となく家に戻る時間を先延ばしにしたくて幽体でもなんでもないのにふらふらと街を漂っ

ているってわけなんだけど。

生身の身体は悲しいぐらいに重力に支配されていて、あたしは足に鎖の重りをつけた罪人か何かになったような気分だった。

あたしは足許の歩道に敷き詰められた茶色のブロックと白いブロックの継ぎ目の上から爪先がはみ出さないように慎重に歩いた。この継ぎ目は深い谷底の上に渡された一本のロープだ、とあたしは想像する。追手が迫ってきてそのロープを渡らなかったら逃げられないという時になっても後悔しないようにあたしは小さい頃からこの訓練を怠らなかった。そんなことなんか誰の人生にだって絶対に起きっこないけれど。とにかくあとブロック五つ分、踏みはずさずに前に進めばあたしは谷を渡れたことになる。

けれどもあたしの妄想は能天気なオカマの声にあっさりと中断された。

「はーい、さつき。欲求不満の顔して歩いてないで、コーヘイんちにいってさっさとやってもらいなって」

あたしのパンプスはブロックの継ぎ目からはみ出してしまう。

真っ赤なチャイナドレスから、剃り残しのすね毛がとってもチャーミングな生足が覗くリツコの奴がガードレールに腰掛けてあたしの方に手を振っているのが嫌でも目に入る。あんたのおかげで今、あたしは谷底にまっ逆さまに落ちている最中なのよ、と言ってやりたかった。

「オカマにセクハラされるなんてあたしも落ちたもんね」

あたしはベルギーだかルーマニアだか、とにかくそのあたりからこの街に流れ着いた自称魔女であるオカマの隣に腰掛ける。

「どーお、商売？」

「彼女」の商売は一応、ストリートガールだ。お金を払ってまで「彼女」としたい人間がいるなんて信じられないって言ったら、何にだってマニアがいるんだって言い返されたっけ。なるほど、説得力はあるわ。

ちなみにチャームポイントは大きな喉仏（のどぼとけ）、って話だ。

「なーんか全然ダメだわ……何だかこの辺、ここんとこ急に人通りが減っちゃってさあ」

リツコは強いハッカの匂いのする煙草の煙をくゆらせながら言う。

確かに言われてみればまだ夜の九時過ぎだというのに人の通りはまばらだ。

「不況って奴のせい？」

「かもね……ねえ、この際あんたあたし買わない？安くしとくよ」

「冗談」

「そうよね……あたしもあんたとはお金もらってもいや」

こんな生産性のかけらもない会話をしていないであたしもさっさと家に帰ればいいのに、と思って、ふう、と心底おバカな自分にため息をつく。そしてぼんやりと通りの方に目をやる。

安いショットバーが並ぶこの一角はまるで灯が消えたように静かだ。

あたしはそう思って、そして、灯が消えたように、というのは譬えではなくて道の向こう側、住所の表示ではこの道路を境に渋谷区と新宿区に分かれるのだけれど、その渋谷側がまるで一帯が停電したかのような漆黒（しっこく）の闇であることに気づき、とまどった。

ええっと、ここってこんなに暗くて何もなかったっけ。

目を凝らすと闇の中に崩れたビルが廃墟となって浮かび上がる。ＴＶで見たどっかの国の内戦の跡のような、そんな廃墟。確かこの間までは小さなバーがぎっしりと最上階までつまった雑居ビルが並んでいたはずだ。再開発で取り壊しでもしているのだろうか、とあたしはとりあえず常識の範囲内で目の前の光景を理解しようとする。それはこの街では多分、空しい努力に終わる予感はあったけれど。

仕方ないのであたしは恐る恐る隣で同じ風景を見ているはずのリツコに聞いてみる。

「あれ……さ」

あたしは道の向こうの彼岸のような闇に微かに浮かぶ廃墟を指さす。

「なに……なんかいる?」

リツコは野良猫の背中を撫でながら興味なさそうに答える。まるで目の前の闇から抜け出てきたような真っ黒な猫。

「そうじゃなくて……あのさ、道の向こうって前からあんなだったっけ」

あたしはもう一度はっきりとリツコに尋ねる。けれどもリツコはちらりと道の向こう側を一瞥するだけだ。

「さあ、どうだっけ」

「もお、ちゃんと聞いてよ」

あたしは口を尖らせる。

でも、あたしはリツコが答えをはぐらかしてくれたことに本当はほっとしたのだ。

誰だってあんまり本当のことは知りたくないものだ。いつかは知らなくてはならないとしてももう少し先送りにあたしはしたかったのだ。

まるで大人になりたくない少女のようにあたしは思う。そんなこと言ったらリツコにグーで殴られそうだけど。

リツコが撫でていた猫がふいに空を見上げた。するとリツコも何故か同じ方向を見る。あたしもつられて空を見上げる。

そのまま猫とリツコは動かないのであたしも仕方なくそれにつきあう。

月が隠れて見えない夜空。

星さえも見えない。

「何が見えるの?」

あたしは退屈してリツコにまた質問してしまう。

「……さあ……」

リツコもまた曖昧に答える。

「なにも見えないってば……」

あたしは夜空に目を凝らしながらリツコに抗議する。また曖昧に答えが返ってくることを期待して。

リツコは不意に呟く。

「猫ってさ……霊が見えるって言うけどね」

あたしはまるで自分のことを言われたみたいな気持ちになってどきりとしてもう一度、夜空を見つめる。今のあたしは置いてけぼりをくった「かわいそうなあたし」の方で幽体のあたしは空を飛んでいるのだろうか。

けれど夜空には何も見えない。

あたしはそのまま猫が飽きてどこかに行ってしまうまでリツコと一緒に何も見えないはずの夜空を見つめていた。


猫とリツコにつきあっていたら少しだけ気分がすっきりしたのであたしは男を置き去りにしたマンションに戻る気になった。母親に叱られて押し入れに放り込まれたまま泣き疲れた子供みたいに眠りこけてくれていればいいんだけどな、とささやかな期待をしながらあたしはマンションの鍵を開ける。

そして儀式のようなルーティンで愛してもいない男の姿をあたしは目で捜す。キッチンには姿がない。いつもなら床に転がっているはずのワインの瓶もないし、向精神薬も散らばっていない。

ということは珍しく機嫌がいいのだろうか。

「××××」

あたしは恐る恐る男の名を呼ぶ。男の名を書かないのは別に伏せ字にしたいわけではなくこうやって文字にしようとするとまるで失語症のようにあたしはその名を記すことができないのだ。名前を呼ぶことはできても、それに対応する文字が思い当たらない。

何故なんだろう。

あたしは寝室のある方向に向かってもう一度、その文字にすることのできない男の名を呼ぶ。返事がないので男は寝ているのだろうと安堵し、あたしもベッドにもぐり込もうと寝室へと向かう。

するとリビングの上に置かれていたものが強烈な印象でようやくあたしの目に飛び込んでくる。

そしてあたしは一瞬、凍りつく。

それは箱庭療法用の箱庭だった。砂が掻き分けられ、赤い底が覗いている。

あたしは混乱して頭の中を必死で整理する。この箱庭があたしの家にあることの意味を。

いったい誰がこれを持ってきたのだろう。

それはやはり一人しかありえない。

その時、背後で誰かがあたしの肩に触れる。あたしはひっと小さく悲鳴を上げ、それから大きく深呼吸して自分に言い聞かせる。

それは多分、あたしの男だ。男はいつも猫か劇画のスナイパーのように気配を消してあたしの後ろに立ってはあたしを驚かせるのが趣味だった。

あたしは男がいるはずだという期待を込めて振り返る。そして男の顔の顎のあたりを一瞬だけ見て、どうやらそれはあたしの男だと確かめる。

どうやら、としか言えないのはあたしは男の顔をはっきりと見たことがないのだ。あたしは今では意識して自分で直したけれど幼い時は人の目を見て話さない子供だったし、男は今もそういうタイプだ。だからあたしも小さい時の癖が男に対してだけは復活していて、もしあたしの男がどこかで死んで、あたしに身元の確認をしてくれと男の死に顔を見せられても、あたしはそれがあたしの男であるかどうかを正しく答えられないだろう。

男はそこにいる。

にも拘わらずあたしは自分の男の出現に何故か困惑し、そして、後ずさりする。

「どうしたんだい……さつき……」

男が困惑した声で尋ねるが、あたしだってどうしてだかわからない。

「誰か……来たの？」

あたしはテーブルの上にある箱庭の意味が一刻も早く知りたくて男の曖昧な顔に尋ねる。

「カウンセラーの先生だよ……さつきの病院の……さつきに頼まれたって言ってたよ」

男は答える。その声が不気味なほど穏やかであることにあたしは気づき、心の奥底に新たな恐怖の種が生まれるのを感じる。ここにいるのはあたしの男ではない。あたしの男を装った他の誰かだ。男の顔立ちをはっきりと覚えていないあたしはしかしそう確信する。

「……頼んでないよ、そんなの……あたし」

声がわずかに裏返る。ヘリウムガスを吸ったような声。

あたしの男が他の誰かに入れ換わってしまったという不合理な恐怖の方が、ドクター・ユング・フロイドが何故、あたしの家を勝手に訪れたのかというはるかに現実的な困惑をあっさり上回ってしまっているのをあたしは感じている。

「まあ、そんなことはどっちでもいいさ。でもおかげでぼくは癒されたよ」

癒されたですって？　あたしは男の勝手な言い草にヒステリックに叫び返してやりたかったが男の不気味な穏やかさに圧倒されたように身体が強ばったままだ。

「その赤い箱庭でぼくはぼくを呪縛していた恐怖を克服したんだ。ずっと自分の恐怖と向かい合うことが恐くて現実から逃げてばかりいてさつきにも迷惑ばかりかけていたけれど、でもぼくはやっとわかったんだ」

男は恍惚としてそう語った。その男の声にあたしは鳥肌が立った。男の言う通りいつもあたしは男が現実と向かい合うべきだと口では意見していた。けれど改めて男の口からそう言われると本当はあたしは男が現実を受け入れることなど全く望んでいなかった自分に気がついてそのことにあたしはぞっとしたのだ。

「わかったって何よ……」

あたしはなんとかその不快な声から逃れようとして必死で声を張り上げるが半音うわずっているのが自分でもわかる。

「知りたいかい？」

男はあたしが質問したわけでもないのに喜々として答えようとする。男はあたしに質問して欲しかったのである。男が悟ったらしい何事かについて。

「知りたくなんかないわ……」

あたしはきっぱり言って横を向く。

「だめだよ、さつき。人の目を見て話さないのは君の一番悪い癖だ」

そんなの、この男だけには言われたくなかった台詞だ。

あたしは意地になって横を向き続ける。

ふう、と心底呆れたといった感じで男はため息をつく。

「でも仕方がないよね……君は心に傷を負ったまま癒されていないから現実と向き合うことができないんだ」

説教の次は同情だ。まるでいつもあたしがあんたに言う台詞そのままじゃない、とあたしは男を呪う。

そして男はいつもあたしがするようにあたしの肩を抱こうとする。

「聞いたようなこと言わないでよ」

あたしは男を両手で突き放すようにして身をそらす。すると、結果として身体が箱庭の方を向いてしまった。

しまった、とあたしは思う。

あたしはその箱庭から目が離せなくなる。

まるで病院で見た患者たちのように箱庭に意識が吸い寄せられてしまう。顔をそむけようにも首がギプスで固定されたように動かない。

男はあたしの手を取り、箱庭の前にあたしを座らせる。

「ドクター・ユング・フロイドが君のために置いていったんだ」

やっぱり、とあたしは観念する。

「さあ、さつき、君の心を傷つけて君を現実から遠ざけている恐怖の記憶と向かい合うんだ」

男はあたしの耳許で囁く。耳朶の産毛に男の吐息がかかり、おぞましいはずなのにあたしは男を拒めない。

まるで催眠術にかかったかのようにあたしは自分の意志とは裏腹に箱庭の砂の上に手を置く。

その瞬間、あたしのシナプスを思い出したくない記憶が電気信号になって駆け抜け、あたしは顔をしかめ、箱庭から手を引いてしまう。

「逃げちゃだめだよ、さつき」

男はあたしの手首を鷲摑みにすると強引にあたしの手を箱庭に持っていく。指先が砂にもぐる。男はあたしの手首を摑んだまま砂を掻き回していく。

やがて砂の底から赤い色が現れる。

赤い色。

どこかで見たことのある赤。

あたしはその赤い色が喚起しようとするものをもはや拒めない。

そうだ、これはあの日の空の色だ。

海の底に重りをつけて沈めた死体が浮かび上がるような不快さであたしがあたしの手で無意識の底に追いやったはずの記憶が次々と戻ってくる。記憶の一つ一つはジグソーパズルのピースほどであり、単独ではなんの意味もなさないほど断片化されている。

まるで記憶をシュレッダーにでもかけたかのよう

に。そうしたのはあたしだ。

そうすることであたしはあの恐怖を――理解しようもない体験を忘れようとしたのだ。

けれどもバラバラにしたはずのパズルは逆回しのフィルムを早送りするかのようにあっという間に元の形を取り戻しつつある。全てが元の形に戻ったらあたしの心は壊れてしまうに違いないと思ったが、あたしは悲鳴さえ上げられないのだ。

夕焼けでもないのに赤く染まった空。

あの日――。

あたしは何となく三溝耕平が戻ってくるような胸騒ぎがして病院を抜け出し、あの三角地帯のアパートに向かっていたのだ。

一九九九年の七月。彼がギョメレで行方不明になってから一年が経っていた。

耕平のアパートの手前の踏切であたしは電車が通り過ぎるのを待った。

その時だ。

突然、空が夕焼けでもないのに赤く染まったのだ。

「きれい」

間抜けにもあたしはそう呟き、空を見上げ、それから……。

それから？

あたしの記憶はそこで途切れる。あたしは気がつくと幽体となっている。そして赤く燃える炎の上を漂っている。漂っているのはあたしだけではない……無数の幽体……。

――それから？

男の声が尋ねる。

――わからない
――だったら教えてやるよ……君はそこで……。

聞きたくない、とあたしは必死で耳を塞ぐ。

――耳を塞いだってだめさ。君には耳どころかもう身体だって本当は存在しないんだから。

男の声が鼓膜にではなくあたしの心に届く。それが男の語ることが真実だと証明している。誰か助けて、とあたしは声にならない叫び声を上げる。

誰か?

誰かじゃない、耕平だ。

あたしを助けてくれるのはいつだって三溝耕平しかいない。耕平の名前はちゃんとこうやって文字だって浮かぶ。

三溝耕平。

ほらね。

だからあたしは耕平の名を呼ぶ。

三溝耕平、助けなさいよ。

あたしは泣きながら今だって本当は一番大好きな男の名を呼ぶ。

すると、あたしの手を誰かがぐいと引っ張る。

すとん、とあたしの心はあたしの身体に戻る。

そして、ご都合主義のまんがみたいに三溝耕平があたしの手首を摑んで箱庭から引き離している。一瞬、あたしはこれって本当はただのまんがなのかも、と思う。

「耕平っ!!」

あたしは思い切り彼の名を呼ぶ。

「君は誰かな?」

あたしの今の男は不快そうに聞く。

「福山さつきの前の男さ」

その言い方にあたしはちょっと期待をする。

まだ愛されてるのかなって。

「悪いが邪魔をしないでほしいな……さつきがせっかく現実と向かい合おうとしているのに」

一方あたしの今の男はと言えば昔の男の出現よりもカウンセリングの邪魔をされたことの方に腹を立てている。やっぱり愛されてないみたいね。

「現実に向かい合う? せっかく恐怖を忘れてみんなこの街で暮らしているのに?」

「ぼくはこの街の住民たちのPTSDを治療するためにやってきたんだぜ、三溝耕平」

あれ、とあたしは気づく。あたしの今の男の声が別人の声に変わっているのだ。

別人だけれどつい最近、聞いたばかりの声。

「あなた……もしかして……」

あたしは尋ねる。

「やれやれ、やっと気がついたのかい」

三溝耕平が呆れたようにあたしを見る。その仔猫でも見るような視線に、けれどもあたしはすっかり安心する。たちまちもう何が起きたって平気だという気になる。

「出てこいよ、ドクター・ユング・フロイド……だっけ、今のつまらない仮の名は」

耕平はあたしの今の男に声をかける。

すると男はパジャマの前のボタンを一つずつはずして左右に大きく開く。何故かそこにはあたしの見慣れた肋骨の浮き出た貧相な身体はなくて、代わりに闇が広がっている。

闇。

別に比喩ではなくて、本当にただ闇がそこにあるのだ。あたしはその不条理な光景にしげしげと見とれてしまう。

男はさらにパジャマの胸元を思いきり開く。そしてくるりと男の身体は反転して、内側にあった闇が外に出てブラックホールのような黒い塊りが宙にぽっかりと現れた。なんだか手品みたいであたしは感心してしまった。

すると闇の中からドクター・ユング・フロイドが、まるで窓から入ってくるような仕草で現れて、あたしと男の暮らす部屋のリビングに立った。

変なの。

やっぱり拍手でもした方がいいのかしら。

「おや、驚きませんね……」

ドクター・ユング・フロイドはあたしを見て不思議そうに言う。確かに悲鳴の一つも上げなくては失礼なのかもしれないけれど、ここまで常軌を逸していると却って平気みたい。それに第一あたしの隣には三溝耕平がいるのだ。何が起きたって大丈夫だ。

「説明……しましょうか」

「どっちでも」

　ドクターは苦笑する。

「人間には集合無意識というのがあるのは御存知でしょう？　人と人との無意識は心の奥底ではつながっていて、私はその集合無意識を通路にしたわけです」

「ふーん、するとこれがあの人の無意識なんだ」

　あたしはリビングに漂うぼんやりとした人形（ひとがた）のようなブラックホールを指でつついてみる。意外にも脳の標本みたいにぷよぷよした感触が返ってくる。そしてこんなことをしている今のあたしって何だろうと不思議な気分になる。

「何だか、耕平が帰ってきてから常識が通用しない事件ばっかり起きちゃうんでこういうの見ても驚かないのかなぁ」

　嘆くように言ってみるあたし。

「まるでぼくが妙な連中を引き寄せるような言い方だね」

　耕平が不満そうに言う。でもそうに決まっている、とあたしは思う。

「……そんなふうな言い方をして君はまた真実からさっきの目を逸らすのか？」

　ドクター・ユング・フロイドが突然、怒ったように言う。

　そうか、のんびりしてちゃいけないんだ、あたしってば一応ピンチだったんだ、と思い出す。

「やめろよ……ドクター」

　耕平はそう言って首を振る。

「何故です？　三溝耕平、何故、あなたは真実を隠すのです？」

「真実？」

　あたしはうっかり口を挟んでしまう。さっきからドクターも今の男もあたしに一体どんな真実を告げようとしていたか、耕平の登場ですっかり落ちついてしまったあたしは急に興味が湧（わ）いてきたのだ。

耕平と一緒なら本当のことを知らされても少しも恐くない。

「知りたいでしょう？」

ドクターはあたしの目を見て言う。

あたしはつい頷いてしまう。すると厳かな口調でドクターはこう語り始めた。

「一九九九年の七の月、恐怖の大王は東京に降りてきてこの街を焼き尽しました。死者の魂はトラウマの余りこの世を去ることさえできずただ真実を忘れようとして妄想の都市を作り出し、そこに夢を見るように閉塞しているのです」

くすり。

何それ。

あたしはドクター・ユング・フロイドがあんまり真剣な顔をして言うので笑ってしまった。そんなばかげた、まんがみたいな話があるはずもない、ともう一人のあたしも一緒になって打ち消す。だったらこれって……つまり、あたしと今の男との二年近くになる鬱陶しい生活や、帰ってきた三溝耕平のことや……それからあの憎たらしいあかねのことがみんな夢ってことになる。

「嘘だぁ」

あたしは心の底からそう思い、耕平に同意を求める。

「嘘じゃないんだ、さつき」

けれども耕平は悲しそうな目をしてそう言うではないか。

「……嘘だよね」

あたしの否定する声は少し小さくなる。

耕平は答えてくれない。

あたしはまるで何気なく差し出した手を母親に拒まれた子供のように困惑する。

「嘘だと思うのなら、外を見てごらんなさい」

ドクター・ユング・フロイドはリビングのカーテンを指さす。

それはずっと閉じられたままの遮光カーテンだ。

男が外の光を嫌うので長い間、開かれたことがない。

長い間？

いつから？

いつからあたしの部屋のカーテンは開かれていないのだろう？

あたしの脳裏にあの日の赤い空が浮かぶ。

「開けるのが恐いのですか」

挑発するように言うドクター・ユング・フロイドを耕平は止めてくれない。

あたしは意を決してカーテンの前に立ち微かに震える手でそれを思い切り開いた。

多分、もうその時には覚悟はできていたのだと思う。

あたしはだから少しだけしか驚かなかった。

窓の外には荒廃した廃墟が月夜に照らし出されていた。この間、幽体離脱をした時に見た光景と一緒だ。

何かが空から落ちてきて、一瞬であたしたちの街は廃墟と化したのだろう。建物や街路樹は一つの方向に整然となぎ倒されている。

まるでドミノ倒しがうまくいった時の光景のようだ。

そして夜空には無数の幽体が一つの方向に向かって流れていく。

それはやっぱり、綺麗な光景だった。

そして、悲しくなった。

「あれは魂……トラウマから解放された魂ですよ……私は一つずつ東京の街をまわって、そして、PTSDの治療をしてきました……私は東京を夢から救済するために国連から派遣されたのです」

「……あの人たちはどこに行くの？」

「死者の国に帰るのですよ」

「死者の国？」

あたしはどきりとする。

あたしが一番知りたくなかった核心にたった今ド

クター・ユング・フロイドの言葉が触れたからだ。

「そう……この街の者たちは皆、自分が死んでいることにさえ気づいていないのですよ……それほどにトラウマが大きかった……」

赤い空があたしに迫る。

そしてあたしに伸しかかる。

「それじゃ……あたしも？」

炎に包まれるあたし。

「いいや、さつきは生きているさ……」

耕平はぴしゃりとカーテンを閉じる。

「まだ、そんなことを言い続けるのですか……仕方がない……ならばあなたの代わりに私が終末の訪れを人々に告げていくだけです……あなたがやるよりも少し手間はかかりますが」

ドクター・ユング・フロイドはそう言ってひらりと身をひるがえすとあたしの男の無意識に身を投じて、消えた。

「ねえ、一体どうなってるの？」

あたしは少し涙声になって尋ねる。

「どっちがいい？　さつきは」

三溝耕平はかすかに微笑して逆にあたしに聞いた。

「この街に終末がやってくるのと、それから終末から取り残されたままなのと……」

耕平はあたしの目を見つめる。

片一方はブルーの瞳で、あたしが好きだった灰色の瞳は片方しか残っていない。

髪だって何とかという女の金髪だ。

けれども、やっぱり、これはあたしの耕平だ。

「ここにいる三溝耕平はどっちにいる人なの」

あたしは確かめる。

耕平は答える。

「終末の訪れからとり残された街の方の住人だよ」

「だったらあたしはそこで暮らす……あなたがそんな身体で、毎日のようにおかしな事件があって、それからあなたがあかねちゃんと二人っきりでお風呂に入っていても」

「あれ？　何で知ってるのさ」

耕平は苦笑いする。

あれは夢じゃなかったんだ。あたしはちょっとだけ腹が立ったが、それでも耕平を許してあげようと思った。

「だったら行こう」

耕平はあたしの手をとった。

「どこへ？」

「恐怖の大王が落ちたところ」

「何それ？」

でも、どこだって構わない。

三溝耕平と一緒なら。


ついておいで、と言った割に車を運転するのはあたしだった。あたしだってペーパードライバーなのに。

「ぼくは無免許だし、アンジェラもね」


とイタリア女の右手をひらひらさせて耕平は言った。相変わらず悪趣味なマニキュアをしている。リツコよりも品がないわ、と思う。

あたしは仕方なく耕平を助手席に乗せる。

「どっちに行けばいいの？」

「みんなが流されていく方」

耕平はそう言って夜空を指さした。

廃墟の中を二十分、車を走らせたところにそれはあった。その中、あたしたち以外、誰の姿も見かけなかった。やはりここは死者の街なのね、とあたしは冷静に思った。

丸の内の表示がヘッドライトに浮かび上がったあたりで耕平に言われてあたしは車を止めた。

「あんまり先まで行くとうっかり〝穴〟におっこちちゃうからね」

そう言って耕平は先に車を降りる。

あたしはこんな闇の中に置いていかれたくないので慌てて後を追う。

足許を小さな黒い影が走り抜けていく。

あたしは「きゃっ」と悲鳴を上げる。

「猫？」

「いいや……この世のものでない生き物さ」

「何それ……」

何でもいいけど。

「そんなことより、ほら見てごらん」

耕平が指さした先を見てあたしは息を呑む。そこにはあの幽体たちの一群がまるで排水溝に吸い込まれる水のように渦巻いて下降していく様子が見えた。

「あのあたりって……」

「昔、皇居があったあたりさ……」

「じゃあ、今は？」

「何もない」

確かにそこには何もなかった。あたしと耕平は世界の果ての縁ともいえる崖っぷちに立って巨大な穴の中を覗き込んだ。

奥深い闇の中で蛍のように青白い光が点滅しては消える。魂が消える時の光なのだろうか、とあたしは何となく思う。

「落ちたら上がってこれないぞ」

耕平が脅かすが確かにそうだ。一度、落ちたら永遠に落ち続けてしまいそうなほど深い穴だ。

「ちょうど皇居のあったあたり……東京の中心部をすっぽりと抉った形になっているんだ」

「恐怖の大王はここに落ちたわけ？」

「ああ」

「何者なの？」

「何者かであったなら、何とか対処のしようがあったんだけどね」

わかったようなわからないような答えだ。

けれども何者かわかっていたら「恐怖の大王」なんていう変な名前はつけなかったはずよね。あたしは終末の光景を目にしているわりには呑気な気分でいる。

　そしてあたしと耕平は世界の果ての縁に沿って歩いていく。なんだかデートしているみたい。世界が終わったって君と一緒にいよう、なんてプロポーズの言葉はあっても、本当に世界の終わりの後で一緒にいられる恋人同士なんてあたしたちぐらいだ。

　恋人。

　そう思った瞬間、あたしは胸が痛む。あたしたちは確かに世界の果てにいるけれど、今のあたしたちは恋人じゃない。世界が終わったことよりもその方があたしにはずっと悲しかった。

　そう思うとあたしの心にぽっかりと穴が空いた気がした。安っぽい表現だけれど心の中をひゅう、と風が吹き抜ける。

　吹き抜けて、あれ、と思った。

　羽織っていたコートの襟が風に揺れた。けれどあたしの頬も髪も風を感じない。

　もう一度、ひゅうと今度ははっきりと音がしてあたしの心を風が吹き抜けボタンをしたままのコートが膨らんだ。

　あたしは嫌な予感がする。

「ボタンをはずしてくれ」

　あたしのコートの中で声がする。

「ど……どうしよう耕平……」

　あたしは耕平を縋るように見る。

「はずしてくれないとボタンを引き千切るぞ」

「だ、そうだ」

　耕平は他人事のように言う。少しぐらい困っていても耕平は手を貸してくれない。ということはこれは耕平が手を出すほどには大したことじゃないのだとあたしはすぐに気持ちが軽くなる。

「やめてよ、まだこのブルーレーベルのコート、ローンが残ってるんだから」

　あたしは慌ててコートのボタンをはずす。そして恐る恐るあたしの胸を見る。

　やはりそこにはぽっかり穴が空いている。ちょうど左胸の心臓のあたりを中心にして半径三十センチほど。

穴の中には闇が広がる。けれどもあたしの男の時みたいに暗黒ではなく、小さな渦巻きがいくつも見える。

星雲、なのだろうか？

つい見とれてしまう。

するといきなり、ぬっとその奥から左腕が出てきた。続いて右手、そして頭、胴体、両足と、まるでインドか中国の曲芸みたいにあたしの胸にぽっかりと空いた穴から白衣の男が滑り出る。

痛くも痒くもないし、重くもない。強いていえばくすぐったい。

現れたのは当然、ドクター・ユング・フロイドである。ドクターが地面に降り立つとあたしは慌てて自分の胸に触れた。穴は消えてちゃんと胸がある。小さいけど。

「あたしの無意識を勝手に通路にしないでよ」

あたしはようやく少し腹が立ってきてドクター・ユングに文句を言う。本当は二人きりのところに割り込んでこられたのが気に入らなかったのは言うまでもない。

「すまなかった。けれど通らせてもらってわかったけれど、君は本当に綺麗な心をしているね」

ドクターは歯の浮くのような台詞を言うが、何しろ美形なのでけっこう様になる。

「やめてくれ、さっきはその手のお世辞に死ぬほど弱いんだ」

耕平が水を差すような言い方をするのでちょっとむかっとくる。あたしがこういう少女まんがみたいな台詞が好きなのを知ってるのならちゃんと言葉にして囁いてくれればいいのに、一度だってしてくれなかった。

「いいや、本当だ。綺麗な心をしているから魂はちゃんと天に召される」

ドクターは言った。あたしはそうよね、と思う。

ところが耕平は首を振る。

「いいや、彼女は天には召されないさ」

「ちょっと待ってよ、あたしが地獄にいけばいいって思っているわけ？」

あたしは耕平に抗議する。

「そうじゃない……さっき言ったろ？　さつきはずっとぼくと一緒にここにいるって」

耕平はそう言ってあたしの目を見た。そんなに真剣に見つめられたのは初めてで、あたしはまるでプロポーズされたみたいになって、「うん」と頷いた。

その瞬間、廃墟だったはずの辺り一帯の風景が元の東京に戻る。あたしは皇居の前に立っていた。目の前には皇居の森が広がっている。

そしてあたしは夏なのに何だってコートを着てきちゃったんだろうと思う。

恐る恐る耕平の手をとる。ちゃんとそこに耕平が居る。あの、アンジェラとかいうイタリア女の腕である、という事実に変わりはなかったけれど。

「夢……だったの？　今の」

あたしは耕平に尋ねる。

「そう、これが現実さ」

耕平が優しく微笑む。

だが次の瞬間、その微笑がぐにゃりと歪む。そして、まるで風景写真を左右に引き千切ったみたいに風景が縦に裂けていく。そして耕平も真っ二つに身体の中心から風景ごと引き裂かれる。

引き裂かれた風景の向こうにまたさっきの廃墟が現れる。

「耕平？」

あたしはたった今、二つに引き裂かれてしまった耕平の姿を慌てて探す。

「ここにいるよ」

ぽん、と肩に大きな手が触れた。振り向くと耕平が立っている。

そして正面を向くとドクターが立っている。

「しつこいわよ、ドクター」

あたしは耕平が後ろにいるのをいいことにドクターに意見する。

「私はあなたに真実を伝えにきたのですよ」

ドクターは哀しそうな目であたしを見る。

「その必要はないよ」

耕平があたしの後ろで答える。

ドクターはかぶりをふる。

「もう一度、言います、三溝耕平。これは本来はあなたの仕事だったはずです。終末の訪れを告げる者としてあなたは再生し、そしてこの街に派遣されたはずなのに、何故、あなたは真実を告げようとしなかったのですか」

訴えかけるようにドクターは言った。

耕平は少しだけ考えて、そして、にっこりと笑ってはっきりとこう言った。

「福山さつきがいたから」

え？

今、何て言ったの？

そんな台詞、何気に言わないでよ。

ドクターが呪うような目であたしを見る。

「やれやれ……たかだかその女のせいで……この東京は終末を迎えられない……というのですか」

たかだか、って何よ、失礼しちゃう。

「悪いけれどそうだ……何故って昔、守ってやるって約束したんだ。さつきが崖から落ちないようにって」

あたしはその言葉を聞いて胸がきゅんとなる。

そして、もう死んでもいいとさえ思った。

耕平は覚えていたんだ。あたしが耕平とつき合うことを決めた日、あたしは耕平に言ったのだ。サリンジャーの小説のライ麦畑のキャッチャーみたいにあたしが崖から落ちそうになったらいつだって走り出してきて受けとめてくれるかって。耕平は少し照れながら「うん」と言ったのだ。だからこの世界ではいつだって耕平はあたしが助けて欲しいと思うと都合良く現れてくれるのだ、とあたしはようやく納得する。

耕平はちゃんとあたしのためにライ麦畑のキャッチャーでいてくれるのだ。

「守る？　守れなかったではないですか。あなたは終末の日には東京にいなかった……それを後悔するのはわかりますが、けれども現実を受け入れなさい」

それなのに、まるでドクター・ユング・フロイドはあたしが死んでいるみたいな言い方をする。いやな奴。確かに今までの話の流れからすればそういうことになっちゃうんだろうけど。

でも、耕平が守ってくれている以上、あたしは死んでなんかいない。

「最後通告です、三溝耕平……終末を告げし者であるあなたがここで葬い(とむらい)の呪文を唱え(とな)さえすれば東京は死者の国としての現実をとり戻すのです……」

ああそうか、とあたしはドクターのことばにまた一つ呑気に納得をした。戻ってきた三溝耕平が妙にマニアックに色々な国や民族の葬送の儀式について詳しくなっていたのはきっとそういうせいだったのだ、と。この街の魂を葬るために本当は彼はこの街に派遣されたのだ。

「断る」

耕平はきっぱりと言う。

当然よね。だってあたしがいるんだもの。

「これが最後の警告です……あなたの義務を果たしなさい……リヴァイアサン——終末の獣の化身」

ドクターは聞いたこともないような名で耕平を呼ぶ。

「知らないな……そんな奴」

「ならば力ずくで思い出させてあげます」

そう言うとドクター・ユング・フロイドは白衣の前を左右にはだけた。そしてあたしの男の時と同じようにドクターの身体はくるりとひっくり返る。けれども内側から出てきたのは無意識のブラックホールではなくまばゆい光に包まれた人だった。

背中には羽根がある。

多分、それが何かって聞かれたら天使としか答えようのない姿をしていた。

けれどもやっぱりあたしは驚かない。

むしろつまらない手品の種明かしを見せられた気分ですっかり醒めていた。

だって、『デビルマン』じゃないんだからさ。


けれどもその後の展開はそんなに悪いものではなかった。

天使と化したドクターは三溝耕平に飛びかかり、耕平を押し倒すと上半身を恐怖の大王の穴へと押し出すというアクション・シーンが展開される。

「やめてっ！」

さすがにあたしはアニメのヒロインみたいな気分で悲鳴を上げて耕平を助けようとするが「来なくていい」と耕平は目であたしに合図する。

天使は耕平の首をきりきりと絞める。

「どうしましたリヴァイアサン……正体を見せないのですか」

「正体？　忘れた……な……」

耕平は平然として呟く。

ちょっとだけ格好良い。

それに正体を見せるなんてこれ以上、変な身体になられても困るし。

「ならば、あなたをあなたたらしめているものを頂きましょう……その額のコインを……」

コイン？

何それ、とあたしは思う。初耳だもの。

天使は片手で耕平の首を絞めたまま、もう一方の手で耕平の金色の髪をかき分ける。

するとそこに五センチほどの丸い瘤（こぶ）のようなものが姿を現す。それは瘤にしては平らで、あたしは髪の毛の下からいつもちらりと見えるそれが気になっていたけれど何となく悪い気がして耕平には聞けないでいたものだ。

天使の翳(かざ)した手に悪魔のような鋭い爪が生えるのが見えた。爪が耕平の額に突き刺さる。あたしは思わず目をそらした。次の瞬間にはその指先にコインが握られ、耕平は額から血を流していた。

本当はまた悲鳴を上げなくてはならないのにあたしはドクターの指先のコインの方に目が釘付けとなる。そこには何匹もの魚と獣が一つの身体になったような怪物の姿が刻まれている。まるで五人分が一人になって戻ってきた耕平を象徴しているみたいだ。

あれがリヴァイアサンなのだろうか?

天使は耕平の身体から離れ、血が滴(した)り落ちるコインを空にかざす。

そして呪うように叫ぶ。

「さあ、リヴァイアサンの名に於いてこの東京に終末の訪れを告げよ」

天使はコインの紋様を空にかざす。

あたしは何が起きるのかちょっとどきどきして息を呑む。

けれども。

何も起こらない。

その代わり、倒れたままだった耕平がむっくりと立ち上がる。

「……な……何故だ……何故、リヴァイアサンのコインの呪力をもって終末の訪れを告げても、この街に福音(ふくいん)は伝わらないんだ」

「残念だったな……お前がかざしたのはコインの裏だよ」

「何だと!」

そう言われて天使は慌ててコインを裏返す。

「……こ……これは……」

「この街の守護神……ってとこかな……俺がこの街に戻ってくる時にゲルゲに彫(ほ)らせたものさ……俺が

仕えるのはリヴァイアサンではなくてこっち側に刻まれた女神の方さ……」

コインはヨーヨーのように耕平の掌に吸い込まれて戻る。

「そんな名もなき女神に仕えるのか……リヴァイアサン……」

吐き捨てるようにドクターは言う。

「そうさ……」

耕平はそう言うとコインを額の傷に当てる。するとコインはすっと溶けるように消えてまた元の瘤に戻る。

その時、あたしはそのコインの表側の面にあたしの顔が刻まれているのが見えた気がしたんだけれど……多分、気のせいだ。さすがに女神って柄じゃないもの。

気がつくとあたしはあたしの部屋のリビングに立っている。耕平もドクター・ユング・フロイドもいなければ人形のブラックホールもない。カーテンは閉じたままで、開けてみようと思ったけどやめた。

とりあえず、ここでやめておけばこれまでの出来事は全て夢ってことになる。

夢落ちなんて、小説だったら怒られるけど、でもこれは現実だから。

そしてこれが現実である証しにあたしの今の男がソファーで胎児のように丸くなって眠っているのが見える。

「あーあ、幸せそうな顔してさ……」

あたしはなんだか母親のような気持ちになって男にタオルケットをかけると一人で寝室のベッドにもぐり込んだ。

そして安らかな眠りに落ちた瞬間、ふわりと身体が宙に浮くのを感じた。

「かわいそうなあたし」ではないあたしが幸せそうに眠りについているのが見える。

でもあたしはこうやって幽体離脱している。

何でだろう。

ま、いいか。

あたしはまるで夜遊びに出かける女子高生みたいにうきうきした気分になって外に飛び出す。

屋上の給水タンクの上に立って東京を見回す。

街並みは廃墟ではない。高層ビルが建ち並びネオンサインがビーズのように点滅する。

いつもと変わらない街。

ちゃんとした現実。

あたしは空に向かってジャンプする。


これが代々木駅近くの雑居ビルにあるキャバクラの女の子、リカちゃんから聞いた話の全てだ。リカっていうのは当然、源氏名で何でそういう名前かっていうと「そういう名前の某精神科医に顔が似ているからってお店の人が勝手につけたの、失礼しちゃう」ということらしい。リカちゃんは近くの大学病院の研修医でアルバイトでこのお店で働いている。あたし男運が悪いの、というのが口癖で勤務先から白衣を着たままお店に駆け込んできたりする変な娘だ。お客さん相手に病院の悪口や今の男への愚痴や別れた男への未練を話し始めるとちょっと止まらないので彼女の客は聞き上手じゃないと勤まらない。

その日のリカちゃんはこの話をとにかく誰かにしたくて少しだけ顔馴染みのぼくが席に着くと途端に話し始めたのである。そして一時間かけて話し終えるとエネルギーの切れた鉄腕アトムみたいに（女の子だからウランちゃんみたい、というべきなんだろうけれど）ことんとソファーに倒れ込みそのまま動かなくなった。爆睡している。多分、夜勤続きなんだと思う。ぼくはもう少し彼女を眠らせてやろうという気になってボーイさんを呼んで一時間分の延長料金を払うと席を立った。そのまま彼女の横顔をじっくり観察しているのも悪くはなかったが、彼女か

「なに見てんの、あんた」

あかねちゃんは黙って空を指さす。

「ああ、あの娘ったら、またふわふわ漂っちゃって落ち着きのない娘ね」

オカマはちらりと空を見て呆れたように言うと、それ以上は興味なさそうに手をひらひらさせて去っていった。

ぼくも空を見上げたけれど、そこには月があるだけでそれ以外にはやっぱり何も見えなかった。


そんなものだって。


ら聞いた話はこの街の住人たちから聞き書きしてはぼくが書きとばしているホラー小説の連作の締めくくりにふさわしい気がしたので忘れないうちに急いで戻って小説にしなくちゃ、と思ったのだ。ぼくは記憶力がよくないし、コースターの裏側に少しだけ取ったメモはきっと明日になったら自分でだって解読できない。

ぼくは階段を下りそして恐る恐る今、出てきたビルを振り返る。廃墟になってしまっていたら困るからね。けれどもけばけばしすぎるネオンサインとともにビルはちゃんとそこにあった。

ぼくは何故だか少しがっかりした。

ふと道路を挟んで反対側を見ると小さな女の子が猫と一緒にじっと空を見つめているのに気がついた。一度、「おはなし」を聞かせてもらったことのあるあかねちゃんだ。声をかけようかな、と思ったら先に喉仏がとても目立つ赤いワンピースのオカマがあかねちゃんの肩をぽんと叩いた。

初出——小説現代増刊号『メフィスト』一九九九年五月号〜二〇〇〇年九月号掲載